有多少爱，
可以重来

戴培钧 著

北方文藝出版社
·哈尔滨·

图书在版编目（CIP）数据

有多少爱，可以重来 / 戴培钧著 . —— 哈尔滨：北方文艺出版社，2023.5
ISBN 978-7-5317-5906-5

Ⅰ.①有… Ⅱ.①戴… Ⅲ.①长篇小说 – 中国 – 当代 Ⅳ.① I247.5

中国国家版本馆 CIP 数据核字 (2023) 第 071951 号

有多少爱，可以重来
YOU DUOSHAO AI KEYI CHONGLAI

作　　　者 / 戴培钧		
责任编辑 / 富翔强　宋雪微	装帧设计 / 树上微出版	
出版发行 / 北方文艺出版社	邮　　编 / 150008	
发行电话 /（0451）86825533	经　　销 / 新华书店	
地　　址 / 哈尔滨市南岗区宣庆小区 1 号楼	网　　址 / www.bfwy.com	
印　　刷 / 武汉市籍缘印刷厂	开　　本 / 880×1230　1/32	
字　　数 / 130 千	印　　张 / 8.25	
版　　次 / 2023 年 5 月第 1 版	印　　次 / 2023 年 5 月第 1 次印刷	
书　　号 / ISBN 978-7-5317-5906-5	定　　价 / 68.00 元	

目 录
Contents

第一章　曾经拥有 ……………………… 001
　一、迟来的电话 …………………………… 003
　二、初中那一年 …………………………… 006
　三、一封情书 ……………………………… 013
　四、老师告状 ……………………………… 020
　五、爸爸不允许 …………………………… 027
　六、"曲线"见面 ………………………… 039
　七、一家欢喜一家忧 ……………………… 045
　八、第一次上门 …………………………… 049
　九、离别 …………………………………… 055

第二章　广阔天地 ……………………… 061
　一、火车上 ………………………………… 063
　二、安徽的"家" ………………………… 066
　三、我是农民 ……………………………… 072
　四、偷鸡风波 ……………………………… 086
　五、心如止水 ……………………………… 102

第三章　济世传承 ……………………… 119
　一、学医 …………………………………… 121
　二、师承名医 ……………………………… 130

01

三、孩子患了"渐冻症" 140
   四、文雯的爸妈不是亲爸妈 147
   五、破碎的家 159
   六、坚强的超儿 167

第四章　重回上海 171
   一、告别牌楼村 173
   二、我是上海人了 177
   三、毛脚女婿 182
   四、"打桩模子" 187
   五、志成的爸妈不是亲爸妈 193
   六、踏入商海 197
   七、重逢在雨中 203
   八、孤独的家 206

第五章　天长地久 215
   一、同学聚会 217
   二、电话情缘 221
   三、撕碎的相片 224
   四、再续前缘 231
   五、温暖的家 236
   六、师生释怀 243
   七、重游牌楼村 248
   八、幸福天长地久 258

1

第一章 曾经拥有

第一章 曾经拥有

一、迟来的电话

晚上七点多，文雯正在收拾晚餐后的厨房，一阵手机铃声响起。

扫视了一下来电显示，是陌生的电话号码，她顺手按了挂断键，继续清洁厨柜。

手机铃声再次响起，仍是这个电话号码，文雯无奈地脱下塑胶手套后接听。

"是文雯吗？"

"您是？"

"听不出声音了吗？是啊，四十多年啦……"对方的声音有些哽咽。

"您是？"文雯觉得耳熟，突然一阵心悸，是……

"我是孙志成，浦泾中学的孙志成啊！长脚呀！已经忘了吧？"

一阵沉寂……

"哦，是志成啊……"

孙志成拿着手机的手有些颤抖！文雯的声音，还是那样的软糯，还是那样的甜美……

"你好吗？"孙志成轻声地问。

"还……好……吧……"

可孙志成却感觉，文雯的声音中含着些许淡淡的忧伤。

"不方便接电话吗？"孙志成猜测着问。

"没有呀，没有不方便呀！"文雯提高了声音说，"你知道了吗？明天中午是我们浦泾中学七二届一班毕业分别后的第一次聚会，你去吧？"

"是啊，你也去吧？"孙志成连忙说，"阿五也真是有本事，竟陆续找到班里二三十个同学。我也是上午接到了阿五的电话，说是培君组织的这次聚餐。我听着电话，呆了好一会儿，才明白是中学同学找到了我，好一阵的激动。然后我急着问了阿五，才知道了你的电话。"

"嗯，那我们明天见。一晃又是……二十四年了……"文雯感慨着说。

"是啊，是啊，你还记着啊？二十四年前我俩曾遇见过一次。时间过得真快啊！我们也都老了……"孙志成还想再说些什么，可是电话那端好像是有老人的说话声，还带着咳嗽声。文雯只是匆匆地说了句"明天见！"便挂了电话。

久久回味着刚才的通话，孙志成还是觉着文雯的声音中带着些许叹息？或者是已经生疏？又或是老公和孩子在身边，不方便说话？她老公待文雯好吗？文雯过得幸福吗？

孙志成斜躺在沙发上，十万个问号似的胡思乱想着。

今天是2016年的一月底了，中学毕业后，同学们分别已经有四十四年了。与文雯是在1992年遇到过一次，转眼已有二十四年了。日子真是过得快啊，自己也已经六十三岁

第一章 曾经拥有

了。孙志成计算着日子,长长地叹了口气……

一个家,一个人,过着一人吃饱,全家不饿的日子。这些年,他天天以麻将为伴,小酒、香烟,孤独无聊。也做过生意,也曾经辉煌,可是……

余下的,唯有寂寞,唯有回忆和相思……

明天同学们见面,如果文雯问"你过得好吗",他该如何回答?

明天也能见到在一起住了四年,分别了四十多年的同学们了,他们都好吗?

孙志成思绪万千,想念着中学时代。

那时候无忧无虑的,有多好啊!

他想着时隔二十四年,明天终于又能见到初恋情人了,五味杂陈中掺杂着心心念念的……

她过得好吗?

这句话,孙志成一直是默默地问自己,问了自己四十多年。

有多少爱,可以重来?

二、初中那一年

浦泾中学，曾经是上海市的重点中学，也是体育重点学校，只是后来沦落为普通中学了。

当时的学校可能是上海市所有中学中校区最大、环境最美的了。校园内绿树成荫，一条小河，潺潺流水，穿过了半个校区。

校区内有一个标准足球场，五个标准篮球场，一条标准跑道，一个室内运动馆。还有一个标准室外游泳池，紧邻着宿舍楼。

学校后门还有十几亩田，搭建着玻璃暖房，是种着五花八门农作物的学校农场。

七二届一共有十二个班级。其中，一班和二班都是住宿生，星期一早上从市中心来校，星期六中午回家。

七二届的学生，小学加了一年，共七年级。1969年进中学，应该是1971年毕业的，实际上拖到1972年11月才毕业分配，七一届就改成了七二届。

孙志成属蛇，比班级里其余同学年长了一两岁，身高腿长的，外号就叫"长脚"了。"长脚"不是班长，却有着"孩子王"的威望，能照顾同学，能一呼百应，但调皮捣蛋也是出了名的，是个老师见了又喜欢又头疼的学生。

第一章 曾经拥有

可是体育老师却特别喜欢他。因为身高腿长，长跑短跑都是孙志成的强项，他的体育成绩在全校同学中是稳列前茅的，大家经常看到孙志成在操场上气喘吁吁的模样。

身高腿长，打篮球也是绝对的优势。孙志成、思领、金明、老干等几个个子高些的一班的同学，经常会在学校的篮球场上，与二班的同学一较输赢。

学校后门的农场，种植着一大片的麦子。初夏的夜晚，蟋蟀鸣叫。孙志成和思领、金明等几个同学，就经常在晚上去农场的麦地里捉蟋蟀。蟋蟀没捉到几只，却将大片的、成熟待收割的麦子踩倒了一大片。结果是孙志成、金明、思领等几个同学，被学校惩罚，去农场割了一个星期的麦子。

学校操场上的防空洞，也是男同学们喜欢玩耍的好去处。孙志成他们几个捣蛋鬼，喜欢在防空洞里，大声模仿着电影《地道战》里的台词，叫喊着，你追我逃地疯玩。

那天，不知道是防空洞太不结实，还是孙志成他们玩疯了。突然"轰"的一声巨响，然后尘土飞扬！待思领和金明逃出防空洞后，却不见了孙志成！这把思领和金明吓得慌了神！赶紧返回去，却见孙志成被压在了土砖堆里喊着"救命"，思领和金明拼命地刨开砖堆，才将孙志成抬了出来。

想着中学时期的点点滴滴，孙志成露出了无奈的苦笑。

1971年，初三下半学期，学校组织学生拉练。

同学们都穿着草绿色军装、军帽，肩背着被子、军包，脚穿绿色胶底鞋,整齐划一地、雄赳赳气昂昂地步行。

星期一早上出发,从学校走到浙江省的嘉兴南湖,瞻仰南湖革命纪念馆和中共一大会议纪念船,再步行回来,接受革命传统教育。来回大约二百公里路程,时间是七天。

大部队浩浩荡荡,同学们精神抖擞。

孙志成被安排在了炊事班。

同班同学的文雯也在炊事班。

在炊事班,要比别的同学更辛苦,除了背着被子包包,还要背着锅瓢碗筷。

到了营地,其余同学可以玩耍、休息,炊事班的同学却要立即动手,忙碌着洗刷煮烹,协助食堂师傅做饭。

营地,其实是租借的农民住房。

营地里没有自来水,炊事班同学的第一个任务是要去河边挑水,把水缸装满、淘米、洗菜、烧开水。

到达营地天已经黑了,走在没有路灯的泥泞的小路上,从河边挑水到营地,一不留神就会摔个人仰马翻。

所以只能是男同学挑水,女同学打着手电筒照路。有同学笑称:"男女搭配,干活不累!"

孙志成和文雯被分到一组,一个挑水,一个照路。

下过雨的泥路更是滑泞,从城市来的学生这辈子就没有走过这样的路。

挑着两个水桶,根本走不稳。文雯一手牵着孙志成,一手握着手电筒,跌跌撞撞,费劲地从河边挪动着脚步返回营地,还带着满身的泥浆,就又忙着煮饭烧菜。

第一章 曾经拥有

晚上躺在简易的床上,孙志成浑身酸痛。

"刚才……刚才去挑水时,文雯是拉着我的手一起走的?"孙志成猛然坐了起来。

是的,文雯一直是拉着我的手,从河边一直走到营地。

孙志成看着自己的两只手,余香尚在,怦然心动。

我俩牵手了?

我俩牵手了!

甜甜的、幸福的感觉令他心潮澎湃,孙志成久久不能入睡……

"解放区的天……是明朗的天,解放区的人民好喜欢……"

哼着小曲,孙志成渐渐地进入梦乡,嘴角上挂着一丝丝微笑。

早上起来,孙志成一反慵懒的状态,做着该是文雯做的活,盛着一碗碗的粥,给同学们分发馒头,精神抖擞的,脸上洋溢着开心的微笑。

夜幕降临,大部队又到了一个新的营地。

炊事班的同学们放下行装,准备着晚饭。

孙志成赶紧拿起扁担,挂上两个水桶。文雯打开手电筒,跟着他一起去挑水。

路,是石板铺就,平坦开阔。

天气晴朗,星月闪烁。

孙志成挑着空桶，晃悠悠的。

文雯自顾自地打着手电，走在孙志成的旁边。

没有了泥泞，也就没有了牵手。

没走几步，就到了河边。

孙志成这个冤呀！

为啥路不能再远些呢？

为啥路不泥泞了呢？

装满了两桶水，挑在肩上。他在心里谋划着……

不知是真是假，孙志成一个趔趄摔倒在地，两个水桶里的水，溅了文雯一身。

孙志成倒在地上，像个小孩似的哇哇大叫！他的膝盖渗出了鲜血，裤子上渗出斑斑点点的血迹。

文雯顾不上自己湿了的衣裳，去拉孙志成。

一个一米六二的小女生，拉一个一米八六的高个子，这怎么拉得动？

文雯根本站不稳，一个趔趄，倒在了孙志成的身上。

一股淡淡的清香，带着一丝甜美，混合着，飘逸着，滑入了孙志成的鼻腔。

孙志成贪婪地呼吸着，一时竟忘了文雯还压在他的身上。

文雯硬撑着站起来，回过神时，脸上瞬间红了一大片。她捡起手电筒，心如小鹿乱撞，也不顾孙志成还躺在地上，撒腿就跑了。

孙志成坐起，仍是傻傻的模样。

心中却在暗自窃喜……

第一章 曾经拥有

他又去打了两桶河水,虽说一瘸一拐的,可心里却是美美的,晃悠着走回营地。

七天的拉练很快就结束了,孙志成感到很无奈。

如果还有拉练,如果仍和文雯在一起,如果……我宁愿就这样一直走下去,一辈子走下去。

文雯在住宿班的男同学心中就是女神,是每个男同学都在暗自想着,却又不敢开口表白的美女。

她清纯白净,娴静端庄,不多言语,开口就是带着点糯糯的苏州口音的上海话。她梳着两条小辫子,小辫子上扎了条绸绳,每天变换着不同的色彩,粉的、翠的……

孙志成个儿高,坐在班级的最后排,文雯坐在第三排。

平日里上课,孙志成老是看着文雯的背影,心想着,明天,小辫子上的绸带应该是浅蓝色的;后天,应该是杏黄色的?他和同桌金明打赌,每每猜中,就兴奋不已。

星期六放学回家,他在八仙坊见到有卖绸丝带的,一小盒十条,一角二分。五彩缤纷的,绸丝带上还印着彩色的小圆点,艳丽极了。孙志成买了一盒,在盒子上贴了张小纸条,写上"送文雯同学/孙志成"。星期一,上课前,他偷偷地把盒子塞进了文雯的课桌里,心里想着:文雯扎着我买的绸丝带,一定更美了。他心里美滋滋的,跟着绸丝带一起飘飘然了。

星期二早上上课前,孙志成走进教室,却看到自己的课桌上有个熟悉的盒子,没拆开过,但是贴着的纸条没了。

哎呀,这是我送给文雯的礼物呀!怎么在我的课桌上

011

有多少*爱*，可以重来

了呢？

  他看了一眼坐在前排的文雯，她正若无其事地看书。

  是她不要？是她不接受？

  孙志成一下子垂头丧气了。

  好失败啊！是自己自作多情吧？

  可是……可是文雯牵过我的手呢，是真的牵了我的手呢！

  哦，她把纸盒上的纸条拿掉了，这是为了不让我出糗吧？

  好像还是有机会的！男子汉绝不言败！孙志成美美地想着，转眼又是心花怒放、斗志昂扬了。

第一章 曾经拥有

三、一封情书

拉练的过程太短暂了，拉练的过程太幸福了。

回到学校，孙志成一直回想着文雯的笑容，文雯的手，文雯摔倒在自己身上的场景，文雯奔跑的模样……

小小年纪，他竟然也会失眠。

他睡不着，翻身起床，找了一本作业练习簿，给文雯写信。

这算是情书吗？孙志成自己也不知道。

这是他第一次给一个女孩子写信，这是他第一次给心爱的人写信，这是他第一次给牵手的人写信，这是给文雯写信。

他要告诉她：他爱她！

"亲爱的雯"

刚落笔写了四个字，孙志成就感觉太肉麻了，感觉太老土了，撕了重写。

他有好多好多话要对文雯说，可是，不知道从何写起。

但，又不敢直接对文雯说。

还是写吧！

他折腾了一个晚上，写了改，改了写，又重新工整地抄了一遍。竟是写了密密麻麻的四页纸，绵绵情意，诉说衷肠。

落款处,他豪气万丈地签上了"孙志成"三个字。

深深地吸了一口气,已是黎明。

孙志成没去食堂吃早饭,拿着封了口的信站在二楼的楼梯口,局促不安地等着文雯。

宿舍共四层楼,男同学住一楼和二楼,教师住三楼,女同学住在四楼。四楼犹如禁区,男同学是不能上去的。

他看着女同学三三两两下楼,就是没见到文雯。

他看到女同学田甜拿着个空的搪瓷碗,用筷子敲打着节奏下楼。

田甜是文雯的同桌,也是文雯的闺密。孙志成拦住她问:"怎么没看到文雯?"

"哦!她已经去食堂了,你找她?"

"也没啥事,这封信你交给文雯行吗?一定要交给她本人啊!"

"哈哈,这么严肃呀?是什么?情书?"田甜一边俏皮地说,一边拿了信,跳跃着下楼了。

孙志成如释重负。

没去食堂吃早点,孙志成回到了宿舍,靠在床上,回想着写了一个晚上的信的内容……《新华字典》加上《成语词典》,都已经翻遍了,还会有什么不妥的吗?

他想象着文雯看到信后的情景,是激动?还是生气?珍藏起来?撕了?

千万不要当着同学的面糗我啊!

孙志成心中忐忑不安。

第一章 曾经拥有

算了，上午还是别去教室上课了，否则会否尴尬？

一夜没睡，孙志成迷迷糊糊的，靠着床沿睡着了。

中午下课，同学们嘻嘻哈哈地回宿舍。

"喂'长脚'，上午怎么没去上课呢？身体不舒服？"

"不舒服啥啦，'长脚'整个晚上不知是在干什么，在写些什么东西呀？情书吗？写给谁的？"

孙志成笑了笑，起床，肚子也真是饿了。

下午只有两节课。

孙志成走进教室，就看到文雯像往常一样在埋头看书，看都没看他一眼。

孙志成感到心虚，她看了吗？怎么会没有反应呢？哪怕是生气也行呀！

他悄悄地走到田甜的课桌边，轻声问："你给她了吗？"

田甜"扑哧"一声笑了"给她了，你急啥？"

"哦……"

孙志成不安地回到自己的座位上，老师在讲什么，他一句也没听进去。

"继续加油！"孙志成想着。

他在练习簿上撕下一页纸，写道："今晚六点，我在学校体育馆门口等你。"写完折成一个小方块，趁着下课的机会，塞到了文雯的课桌里。然后他正襟危坐在后排座位上，看着文雯进了教室，坐在椅子上，看着她从课桌里摸索出一张纸，看了一眼，就慌乱地塞进了书包里……

嘿嘿，她看了，她知道了。

第二节课，孙志成也没听老师讲些什么。他心里一直在想着，她会来吗？我应该怎么说呢？她如果不来呢……

从下午两点四十五分下课，要等到六点钟。

这是一种折磨。孙志成第一次发现，等待，竟是如此焦心。

一下课，孙志成就回宿舍冲了个澡，再把头发梳理得锃亮，把衣服从里到外全换了。他看着皱巴巴的衬衣，又脱了下来。宿舍里没有熨斗之类的东西，他灵机一动，拿了个搪瓷茶杯，倒入滚烫的开水，熨烫着。水冷了，再换上开水，继续熨烫。他还特别在袖子上熨出了一条挺括的线，挺有型的。

他对着镜子左照右看，自然微卷的头发，白净的脸。又找出了一盒"百雀灵"，抠了一大坨在手上，涂开了，抹在脸上、手上。立马，香气弥漫，皮肤更是白嫩光亮，感觉一级帅。

只是眼睛小了些。孙志成对着小镜子，拼命地、反复地睁着眼睛，再睁，可是一松眼睑，眼睛还是这么一条缝。

算了，眼小迷妹嘛，嘿嘿！

闹腾了半天，他看看床边的小闹钟，刚过了不到一个小时，是闹钟走慢了吗？

是啊，等我工作了，赚钱了，就应该先买只手表的，戴在手上，该多神气、多方便啊！

孙志成焦急地在宿舍等待着，看着小闹钟的两根指针，好像是存心在慢慢悠悠地走着，急盼着第一次约会

第一章 曾经拥有

的到来。

去食堂吃了晚饭,也才五点多,孙志成就猴急着到学校操场东边的体育馆大门口等着了。之所以选在体育馆门口,是因为孙志成知道这里安静,离宿舍楼也就几分钟的路程,总不能让女孩子走太多的路吧!

不知道过了多长时间,孙志成突然看到,有两个女生径直穿过足球场,往这边走来。

是文雯,是的,是文雯!她来赴约了!孙志成高兴啊,又紧张得厉害。

可是,文雯怎么叫了田甜一起来呀?那该怎么说话呀?

文雯和田甜走近了,孙志成忽然发现,田甜与文雯说了什么,然后田甜和文雯分开了。田甜朝着健身房的方向走了,而文雯已经走到了他面前。

孙志成看着面前的文雯,竟是手足无措,说不出一句话。

文雯也是站着,低着头,双手拧扭着一条手帕,黑布鞋的鞋尖碾磨着地上的沙土,像是要在地上画个地图出来似的。

一会儿,文雯抬起头,却是没看着孙志成,糯声地问:"你叫我来,却没话说吗?"声音很轻,但孙志成听得清楚,她的语气中并没有生气。

"嗯,不……不是……不是没话说,我是有好多好多话想说……"孙志成语无伦次,结巴着,脸涨得通红,吐出了一句话,也是憋出了一头的汗。

"你……你看了我写给你的信了吗?"

"看了，都是错别字……"文雯想笑。

"啊！这么糗呀？我都查了字典呢！"孙志成老实地承认，"我是第一次写信呀，以后会写得好些的！"

文雯手捂着嘴，"哧哧"地笑了，"还查字典呢，还好意思说，成语也是词不达意，乱用的呢！"说着，又笑了。

"可是，拉练回来后，我老是睡不着，想你……我就想着，我俩能谈朋友吗？你做我的女朋友好吗？我会待你好的，我一定会待你好的！"孙志成鼓足了勇气，终于把准备好的，背了好几遍的话，一口气说了出来。

"可是我……我们年纪还小呢，我们还在上学呢！"文雯轻声地说，鞋尖仍是蹀着地上的沙土。

但孙志成听懂了，这是没有拒绝，或者说是答应了。

"嗯！嗯！我保证不会影响我俩上学的！我保证不会影响我们学习的！我保证……"

文雯抬头看了眼孙志成，竟又捂嘴笑了。

孙志成也跟着文雯一起笑了，可是却不明白文雯为什么笑。

文雯说："你抹了多少'百雀灵'呀？香过头了呢！"

孙志成的汗又冒了出来！更要命的是，孙志成是个"蒸笼头"，出汗先是从头发上冒出来，要是在冬天的话，还能看到雾气。

"好了，田甜还在等着我呢！我……回去了。"文雯说着，两根手指仍是扭着手帕，羞涩着。

"那你是答应我了吗？"孙志成仍是不放心。

"嗯，可是不能影响学习啊！"文雯说着，脸上飞起了

第一章 曾经拥有

一片红霞,转身跑了。

孙志成的心差点蹦了出来!

他两手撑地,在操场上翻了个跟头,再翻一个跟头。他一个人跳着,奔跑着,大声地叫喊着:"文雯,我会一辈子对你好的……"

有多少*爱*，可以重来

四、老师告状

1972年的春天，孙志成十九岁，文雯十七岁。

花样年华，青春懵懂。

两人就这样牵手相恋了。

花前月下，窃窃的喜悦；

影院廊桥，牵手的奔放。

一辆半旧的自行车，孙志成载着文雯，穿行在路间小径。欢歌笑语，留下了一双被夕阳拉长的影子……

电影院里相拥，古猗公园的倩影，轮渡口的小吃，江边堤坝路散步……

上学的路上，回家的电车……

无忧无虑，却是多了黄昏和清晨的等待；

青春年华，更是漫长黑夜的期盼；

情窦初开，青涩纯真。一切都是那么美好。

班主任钱老师察觉到了，他把孙志成叫到办公室，笑着问："孙志成啊，听说你和文雯俩在谈朋友？"

"没……没有啊！"孙志成抵挡着班主任的责问，"我俩只是一起玩……"

"你们都还小，学生不能谈恋爱的，要把学习放在第一位。马上就要毕业分配了，目前是最重要的阶段啊！"

第一章 曾经拥有

从班主任的办公室出来,孙志成心慌意乱的,急着找到了文雯,忐忑不安地问文雯:"钱老师会不会告诉你爸妈?"

"我爸妈要是知道了,那我们就不能在一起了……"文雯焦急地说,"我爸管我管得很严呢!"

孙志成突然冒出了一个自我感觉很棒的念头:"雯,我们要不要先去一下钱老师家,请他千万不要告诉你爸妈?"

"这会有用吗?"文雯咬着嘴唇,一副要哭出来的样子。

"试试吧,晚饭后我们就一起去钱老师家?"

"嗯,那就去试试吧!"文雯也觉得,钱老师平时对她挺好的,去看望一下班主任老师,请他不要告诉爸妈,或许就没事了。

在学校食堂匆匆扒了几口晚饭,孙志成骑着自行车,带着文雯,先去了崂山路商场。总是不能空着手去看望老师呀,何况是去求老师的。

商场不大,但灯火通明。

孙志成拉着文雯的手,在柜台前转悠。他猛地发现,糖果柜台竟然有大白兔奶糖。

"哦,有'大白兔'啊!"

孙志成和文雯同时惊叫了起来。

这是很抢手的一种糖果,平时根本看不到,家里也是在过年时才会去买几两,放在桌子上的果盘中,这样就很有面子了。妈妈还会反复地说:"你只能先吃一颗,这是亲戚来的时候给亲戚吃的!"

标签上写着:大白兔奶糖,1.60元/斤。

"哇，这么贵呀？"

孙志成和文雯掏出了口袋里所有的钱，加在一起才九角八分！这可是两人全部的零花钱了。

孙志成一脸茫然，尴尬地看了一下文雯。

"够了吧，我们买半斤应该可以吧？平时家里也只是买几两呢！"文雯说。

"嗯，够了。"孙志成豪气十足地大声说，"营业员，来半斤大白兔奶糖！"

眼睛却盯着柜台上的案秤，小声说："差一颗……还能加一颗吗？"

营业员把秤盘上的糖果倒入纸袋，趁着还没包起来的瞬间，孙志成眼疾手快，先捞了两颗。剥开一颗，喂入文雯口中，给自己一颗，满口的甜蜜奶香。

孙志成骑上自行车，文雯坐在前面，双手握着车把手。

"花篮的花儿香，听我来唱一唱，唱一呀唱……来到了南泥湾，南泥湾好地方，好地呀方……好地方来好风光……"

孙志成有意将自行车骑得左摇右晃的，两人随着自行车的摇晃，也是左倾右斜着，一路欢笑一路歌，他们全然忘了是去钱老师家干什么了。

一路疯到江东南路钱老师的家门口，两人的笑声才戛然而止。

文雯伸了伸舌头，捂着嘴跳下车，神情突然变得紧张严肃了。

孙志成靠墙停好自行车，可是他没有看清停车的路面是坑洼不平的，刚一转身，自行车竟"哐当"一声巨响，

第一章 曾经拥有

倒在了地上,慌得孙志成手忙脚乱地把自行车扶起,再次靠在墙上。

夜深人静,巨大的响声可能是惊动了钱老师。随着"吱嘎"一声,大门被打开,钱老师站在了孙志成面前。

钱老师笑道:"咦,怎么是孙志成和文雯呢?这么晚了是有事吗?快请进,请进……"

孙志成推了推文雯,文雯推着孙志成,两人谁都不敢先踏进钱老师家的门。

钱老师笑道:"来了,不进来啊?"

孙志成壮了壮胆说:"钱老师您好!我们俩来看望您!"说着,先双手将"大白兔奶糖"递给了班主任。

"哎呀,来就来了,还带礼物?不要,不要!你们走的时候带回去!"钱老师说着,顺手把纸袋搁在了橱柜上。

"有什么事?"钱老师边问边倒了两杯水,搁在孙志成和文雯面前说,"坐呀,坐呀。"

孙志成也是渴了,仍是站着,一口气将杯子里的水全都喝干了,像是喝了一杯壮胆酒似的,他鼓足勇气说:"钱老师,我和文雯没有谈朋友……您千万不要告诉文雯她爸妈……求求您了……"

文雯却仍是站在孙志成背后,拉着孙志成的衣角,六神无主地哆嗦着。

好像平时见到老师,并没有这么惧怕呀……

"哦!是这个事啊?"老师看了一眼拉着孙志成衣角的文雯,仍是笑眯眯地说道,"你们俩骑着一辆自行车来我家,

023

就是为了告诉我，你们没有谈朋友吗？"

"你俩才十七八岁呢，就谈朋友，谈恋爱啦？是不是太早了？现在还只是初中生呢！我下午跟你说过，中学生不能谈恋爱的，知道吗？"钱老师收起了笑容，严肃地说。

"我……我不是十七八岁了，我十九了呢！"孙志成觉得自己找到了最好的理由了。

"是啊，十九岁的初中生，就能谈恋爱了吗？文雯你才十七岁吧？不好好把精力放在学习上，不想想马上就要毕业分配了，还有精力谈朋友吗？不可以啊！"钱老师变得越发严肃了。

"噢……那我们不谈朋友了。老师您能不告诉文雯的爸妈吗？"孙志成还想再努力一下，或许钱老师就会放他们一马了呢？

"我已经给文雯的爸爸打过电话了。你们是住宿生，是住宿在学校的。你们的爸妈把你们交给了我，我不但要抓好你们的学习，更要管好你们的生活和人品！"钱老师语重心长地说。

"已经……打电话了呀……"孙志成突然觉得失望透了！这怎么办呀？

"钱老师，您能不能明天再打个电话给文雯的爸爸，说我俩没有谈恋爱啊？"孙志成仍是不死心地求着……

"当我了解你俩真的分手了以后，我可以再打电话。不过，我还是要反复严肃地告诉你俩，中学时期，是不准谈恋爱的！"

孙志成和文雯垂头丧气地离开钱老师的家，连声"再见"

第一章 曾经拥有

都没说，心里满是怨恨。

钱老师送他们到门口，看着他俩说："就这样走了？自行车也不要啦？"

已经走出几步的孙志成这才想起，还有一辆讨厌的自行车，他上去对着自行车猛地踢了一脚，结果是脚板钻心的一阵痛。

孙志成推着自行车，低着头，两人都郁闷着，没说话。

兴高采烈着来，垂头丧气着回。

文雯也不想再坐在自行车上了。

两人边推着自行车回学校，边嘟哝着。

"你们俩骑着一辆自行车来我家，就是为了告诉我，你们没有谈朋友吗？钱老师的话，明显是在嘲笑我俩嘛！"文雯沮丧地说。

"是啊，是应该把自行车停放远些再走过去的呀，干吗要停在钱老师家门口呢？真是多事呀！我还是好不容易才把我爸的自行车借来骑的呢！"孙志成耷拉着脑袋，又狠狠地踢了自行车一脚，好像都是自行车的错。

"可是……钱老师说已经给我爸爸打了电话，这怎么办呢？平时我和邻居男孩子说句话，我爸妈都会在窗口看着呢！"

"钱老师下午才跟我说的，怎么这么快就打电话给你爸了呢？"志成愤愤地说。

"还说不收我的礼物呢，咱俩出来，他也没把'大白兔'还给我呢！"孙志成还是舍不得那一大包大白兔奶糖，送了这么大的一份礼，钱老师竟然是一点面子都不给。

有多少爱，可以重来

"文雯，我买到了两张这个星期六音乐厅上演的《卖花姑娘》的票，这个票是我托了朋友才搞到的呢！你不会出不来吧？"孙志成担心地问。

"不知道呀，我也挺想看《卖花姑娘》的，说是会哭湿好几条手绢呢！"

五、爸爸不允许

　　星期六上午的下课时间是十一点，下午没课。
　　平时，在上午第三节课还没打下课铃声时，同学们已经悄悄地把课桌收拾好，抱着书包，铆足了劲头，只要铃声一响，就会以百米冲刺般的速度，一瞬间跑得无影无踪，奔向轮渡码头，回家！
　　可今天却是一反常态。
　　下课了，文雯却是无精打采地趴在课桌上，沮丧地说："我爸妈一定是知道了我和志成谈朋友的事，我回家一定是要挨骂的！"
　　文雯不想回家，作为同桌加闺密的田甜陪伴着她，一起坐在教室里。
　　文雯不想回家，那孙志成也必须陪着，也不能回家。
　　孙志成不回家，那作为孙志成的同桌加铁兄弟的金明，也得等待着他。
　　教室里留下了两个男同学和两个女同学。
　　班主任钱老师来检查教室，看到竟有四个同学没有回家，倒是吃惊不小。
　　"怎么了？孙志成，金明，你们都不想回家了？"
　　"嗯……不是……是文雯不舒服。"田甜脑子转得快，回

有多少爱，可以重来

答得也快。

"哦，文雯不舒服啊？那去了医务室没有啊？"钱老师关切地问。

"是啊，是啊，我们是要走的……"田甜也觉得，不回家是不可能的，文雯的爸妈如果找到学校来，就更麻烦了。

文雯慢吞吞地收拾了书包，迫不得已地站了起来。

四个人这才一起离开了学校。

一路上，文雯情绪低落，她拉着孙志成的衣角，一句话也没有。

孙志成送文雯回家，安慰着文雯，又反复叮嘱："晚上六点钟，我来接你啊！"看着文雯进了家门，他才转身离开，心中仍是有一百个不放心。

文雯没有兄弟姐妹，家里只有三口人。

平时，女儿不在身边，爸爸妈妈就粗茶淡饭简单吃点。每到星期六和星期天，妈妈才是最忙碌的，准备了丰盛的饭菜，也是文雯最喜欢的。

妈妈觉得，在学校的食堂是吃不好的。

文雯踮起脚尖，轻声细步地上楼，又轻轻地推开房门，想要尽快躲进自己的闺房。

闺房，其实也只是在石库门二楼狭长的厢房隔出的一个四五平方米的小天地，架了张单人床，搁了张小书桌而已。女儿大了，一个空间总有不便。

虽说只是间小小的闺房，可是有一扇朝南的窗户对着下面的弄堂。平时有同学朋友来，只要在弄堂里朝上叫一声，

第一章 曾经拥有

文雯就能听到。

"哎呀，文雯你今天回家晚了呢，怎么还……脸色也不好呢，是怎么了？不舒服吗？"

"嗯，妈妈，是有些不舒服。"文雯轻声地回答。

女儿说不舒服，妈妈其实也不需要多问什么的。"哎呀，文雯，你赶紧去躺一会儿吧，妈妈烧好了菜再叫你。"

"嗯，妈妈，我和同学六点钟要去音乐厅看《卖花姑娘》，五点钟吃饭行吗？爸爸几点到家呢？"

"哟，好的，好的，你先睡会儿吧。今天是星期六，你爸爸五点钟应该能到家的。"

就这么一个乖巧懂事的女儿，是爸爸妈妈的心肝宝贝。从小到大，文雯一直是爸爸妈妈的骄傲。不管和女儿文雯一起走到哪儿，邻居、亲戚、朋友都是夸奖着说："你女儿真是漂亮可爱呀！"妈妈听着，心里总是甜甜的。

文雯也是真的有些头疼，她拉开毯子的一角，躺下了，可是又睡不着。心里想着：妈妈好像没说什么，是不知道？爸爸是知道了吗？爸爸回来后会不会骂我呢？会不会不让我与志成在一起了呢？和志成在一起真的挺好的，也挺有趣的呀，他很照顾我呀！

其实，在文雯的记忆中，爸爸妈妈从来就没有骂过或是打过她。可是在文雯心中，爸爸是慈爱的，也是严厉的。

也不知道为什么，爸爸一直不允许她和男同学一起玩。爸爸老是说："女孩子与男孩子在一起，女孩子是会吃亏的。"是不是特别封建啊？

小学升初中，爸爸当时极力要让文雯去读女中，说是那个中学没有男生。

为什么我就不能和男同学一起玩啊？男同学又不会欺负我！文雯总是不理解。

最后家里综合考虑还是让女儿报了浦泾中学的住宿班。报名还是一直拖到差不多快截止了，万般无奈，妈妈才去报名的。其实在浦泾中学住读，文雯是很开心的。可是爸爸经常说这是让他后悔的决策。

文雯迷迷糊糊地想着，快要睡着时，听到了爸爸的声音。

"文雯呢？"爸爸一踏进家门，就问妈妈。

"睡了，说是有些不舒服。"

"不舒服？是心虚吧？"

"你怎么这样说文雯呢？文雯怎么啦？不乖吗？"妈妈有点儿不服气。

文雯竖着耳朵，胆战心惊地偷听着爸爸与妈妈说话。

"她的班主任老师打电话给我，说文雯与同班的一个男同学谈恋爱了，还天天黏在一起。我一直最担心的事，竟然还是发生了！"爸爸气呼呼地说，只听一声玻璃破碎的声音，把文雯吓得心惊胆战的。

"文雯醒了吗？你叫她起来。"

文雯从未听过爸爸如此大声地说话，更是从未见过爸爸生气到摔杯子。

爸爸说，我一直最担心的事，竟然还是发生了。爸爸担心我什么事呢？谈朋友？谈恋爱？这不是孩子大了都要经历的事吗？楼下邻居的女儿已经二十七岁了，还没有男朋友，

第一章 曾经拥有

她爸妈不是一直催促着她，追问她何时才会有男朋友，何时才能嫁出去的吗？好像天天在着急似的。

是因为我太早谈朋友了，爸妈不放心吗？

文雯想着，就听到妈妈在叫她："文雯你醒了吗？可以吃饭了。你不是六点钟要去看《卖花姑娘》吗？"

"去看演出？和谁一起去？"文雯刚坐在餐桌前，爸爸就黑着脸问。

"和我同学……"

"男同学吧？叫什么名字？"

"孙志成。"

"哦，是叫孙志成，不许去！"

爸爸今天不知道是怎么了，非常凶。文雯提心吊胆，却又想不明白，为啥不让去看演出呢？哦，一定是钱老师打电话告状的结果。

爸爸平时是管得很严，功课啦、考试成绩啦、和谁在一起啦，比妈妈还唠叨，但也从未这样凶过。

文雯被爸爸吓哭了。

妈妈不开心了，怒着对爸爸说："今天是怎么啦？饭都不吃啦？生女儿什么气呀？文雯一个星期才回来两天，不能好好说话呀？"

爸爸是"妻管严"，妈妈一咋呼，爸爸的音量就小了，但仍是气呼呼的。

"我要去看的……"文雯拿起筷子，声音小得像是蚊子叫似的嘟哝了一句。

"什么？不许去！"爸爸"啪"的一声摔了筷子，厉声

031

喝道。

　　这下真的把文雯吓着了,她"呜呜"地哭了起来,竟然也"啪"的一声摔了筷子,站起身回房间了。

　　爸爸妈妈一下被震蒙了,文雯从来没有这样顶过嘴,或是发过脾气,今天这囡囡是怎么啦?

　　"不吃拉倒,就是不许出去!"爸爸仍是不依不饶的,又冲着妈妈说,"你看看,你看看,一谈朋友,一谈恋爱,人就变了。都是你宠的……"

　　听到文雯在里间抽泣着,妈妈赶紧进去,掏出手帕为文雯边擦眼泪边说:"囡囡你才十七岁,你还小,老师说的没错。爸爸今天是脾气大了点儿,但也是为你好呀!小囡不可以这么早谈恋爱的……"

　　"我已经不小了呀,孙志成待我也很好呀!为啥不让我们做朋友?"文雯不让步地对妈妈边抽泣边诉说着。

　　这时,窗外传来孙志成小声的呼喊声,这声音小得平时只有文雯能听见,可今天不知怎的,爸爸妈妈都听到了,他们竟一起探出头,看着窗下的孙志成。

　　孙志成穿着件"的确良"白衬衫,一条米色卡其长裤,精神焕发地朝着二楼窗户张望着,等待着心上人探出头,露出甜甜的笑容,说一声:"哦!"然后飞奔下楼来。

　　可是今天,窗户上突然探出的竟然是文雯爸妈的脸。孙志成一下子呆住了,他僵在弄堂里,打招呼也不是,不打招呼也不是。

　　爸爸趴在窗口,刚想喊什么,还没开口,就被妈妈一把拉了进来,妈妈说:"要说下楼去说,你在窗口上哇啦哇啦的,

第一章 曾经拥有

是怕全弄堂的邻居不知道是吗?"

爸爸的身子缩了进来,转身就心急火燎地下楼了。

孙志成仍僵立在弄堂里,他看到大门打开,一阵欣喜,但面前站着的竟是文雯的爸爸,而文雯并没有下来。

"你叫孙志成?"

"文雯爸爸您好!我叫孙志成。"孙志成边说边鞠了个九十度的躬。"我是来请文雯一起去音乐厅看《卖花姑娘》的,结束后我会送她回家的。"孙志成壮着胆,装着很绅士的模样说。

"小小年纪就谈朋友、谈恋爱?你回去吧,以后也不允许再来找文雯!"

"我们俩……在一起很好的,文雯也很开心的……我也一定会保护好文雯的……"孙志成仍在争取着,他觉得文雯的爸爸可能会网开一面。

"我再说一遍,小小年纪不可以谈朋友、谈恋爱!我不允许!"说完,文雯的爸爸气炸了似的转身进去,一扇大木门被关得震天响。

留下孙志成呆呆地站在大门外……

孙志成没有走,他也不知道该去哪里,一个人去看演出?那是绝对没意思的。

或许,文雯待会儿就下楼了呢?我俩仍然能手牵着手,去看个下半场,或许看个结尾,也是可以的呢!

孙志成坐在文雯窗下对面的街沿上,如果文雯探出头来,一眼就能看到他。

文雯她的爸妈为啥要管着文雯呢?为啥不允许她和

我好呢？

是我们还小？可我也不小了嘛，都十九岁了，还小吗？我爸爸不是二十岁就结婚了吗？

可是文雯她的爸爸，为啥连文雯谈朋友都不允许呢？这太封建了吧？

孙志成坐在地上，胡乱地想着，可是仍没有见到文雯的倩影。

这个星期六的夜晚，是孙志成自懂事以来最难熬的一晚。之后星期日的一天，是孙志成人生中最漫长的一天。

星期日的一整天，孙志成不敢再去文雯的窗户下呼喊，只能一直站在弄堂口，期待着文雯会出现。

"长脚"站立时间长了，也是会站成"矮脚"的，可是文雯仍然没有出现。

自从和文雯牵手，他们俩一直是一起放学、一起回家。星期一早上七点，孙志成必是在文雯家的弄堂口，看着文雯两条小辫子一甩一甩的，背着个书包，蹦蹦跳跳地出来，然后两人一起去学校。

可是今天，孙志成等到的文雯竟然是耷拉着脑袋的，完全没了往日的欢快。

"文……"孙志成还没叫出口，就吃了一惊：文雯的身后，竟然跟着她的爸爸。他还拿着文雯的书包，这是要送文雯到电车站上车吗？

一班住宿的同学，大都是住在八仙坊周边。早上上学是在金陵中路乘坐 2 路有轨电车，坐到江边码头下车，然后步行走到轮渡码头。

孙志成赶紧先快步走到2路电车站,躲在角落。如果文雯她爸爸送她到电车站,文雯上车,我也上车,我俩仍是在一起的,嘿嘿!

可是,文雯和她爸爸竟一起上了电车。

孙志成倒吸了一口气!文雯和她爸,这是要一起去学校?孙志成只能独自走到车后门上车,眼睛仍是能看到文雯的。

在江边码头下车,步行到轮渡码头。上轮渡,从轮渡码头步行走到学校。文雯的爸爸始终跟在文雯后面,孙志成只能远远地跟着。

星期一上午第一节课是英语,同学们都到齐坐下了。没看到文雯的爸爸,也没有看到班主任老师来点名。

孙志成悄悄地移步到文雯的课桌边问:"你爸爸来学校干什么?"

文雯低着头,没去搭理孙志成。英语老师看着他俩呢,同学们的眼睛也都看着他。没办法,孙志成只能退回到自己的座位。

金明用手臂撞了撞孙志成,眼睛仍是看着黑板说:"'长脚',下课后再说吧,钱老师每个星期一早上是先要来点名的,今天没来,一定是在会见文雯的爸爸了。"

孙志成忐忑不安地熬到了下课,立马又走到了文雯的课桌边,低着头问文雯:"这两天是怎么啦?是爸爸骂你了吗?为啥你一整天都没有下楼呢?"

殊不知,下课铃一响,钱老师已经陪着文雯爸爸站在教室门口了。原本，文雯的爸爸是要对文雯说声再见的，却看到了孙志成低着头，差不多是脸贴脸地在与文雯说着悄悄话。

这一看，气得文雯的爸爸怒火中烧！

这还了得！在教室里，在大庭广众下，竟然仍是这样卿卿我我的！背地里不知道会干出什么事来！

钱老师拖住文雯爸爸说："不要在教室门口发火，这会伤了文雯的自尊心的。"

文雯爸爸唉声叹气，抱怨着对钱老师说："我是一直担心文雯这孩子被人欺负，会不会……不是亲眼看见，我还真不知道。钱老师啊，说是管得了人，管不住心，可是现在连人都管不住了呀……"

"要么……"钱老师支吾着说，"还有两个星期就毕业了，分配工作了。学校没有安排考试，不发毕业证，也没安排拍集体照什么的，是不是文雯也就不用来学校了？在家等待分配通知就可以了，如果学校有事，我会先打电话给你的。文雯爸爸，你看怎么样？"

钱老师心里明白，这些年轻人，要是在谈朋友了，热恋了，别说家长或老师的劝说没用，就是有九头牛也是拉不开的。这一计，是想让他俩分开一段时间，或许就各归各的了呢？其实钱老师也是担心，别在将要毕业的时候，学生之间，有些什么事，那就麻烦了。

是钱老师想多了，或是文雯爸爸想多了。那个年代所谓的谈朋友，也就是牵牵小手、看看电影、逛逛马路，绝不会是他们所担心的跨越红线。其实也是年龄太小，懵懂

第一章 曾经拥有

无知而已。

文雯的爸爸非常赞同钱老师的意见，决定带文雯回家，这是个极好又无奈的选择。可是他仍在暗自担心，没一个月就要毕业了，工作了。待文雯工作上班了，这也是管不住的。

文雯的爸爸支吾着，感觉不怎么好问，但也是极想知道的……

钱老师倒是领悟到了文雯爸爸的想法，轻声说："这还在安排中，工作的分配是关系到孩子一辈子的最重要的大事，是有政策规定的。我也是绞尽脑汁，很难的呀！"

"钱老师，我也知道不该问的，可是做父母的，心里最大的牵挂，目前也就是孩子的工作、前途了。大概的去向能够透露一点吗？"文雯的爸爸壮着胆问。

"一个月内就要公布了，也不是不能说，文雯是独女，是政策范围内的，你们是医药世家，我尽力将文雯安排在医疗行业，这样也能完成家长的心愿呀！"

文雯爸爸听着，突然欣喜若狂！他眉开眼笑地握着钱老师的手，拼了命地摇晃着，连连说着："这太好了，太好了！"

转念一想，又弱弱地问："那，孙志成会是什么方向呢？"

"孙志成就很难了。他姐夫好像是北工大的军官，姐姐是属于随军家属吧。今年正巧他姐夫转业，和他姐一起回上海了，被分别安置了工作。这样，按政策，孙志成不是去农场，就是插队落户。"钱老师惋惜着说，又补充了一句，"文雯的工作去向暂时还不能告诉她，孙志成的去向更是不能说的，我们还在争取着。"

037

"那是，那是。"文雯爸爸心中欢喜至极。

文雯将会在上海的医疗行业工作，这是他一辈子最想要女儿做的行业呀！

而孙志成将会去农场，或许是去外地？这样，两个小孩子过家家似的什么谈朋友、谈恋爱，也可以自然而然结束了。毕竟太小了、太早了嘛！文雯的爸爸想着，对钱老师千恩万谢。

等文雯上午放学后，爸爸就拖着文雯去宿舍整理了被子铺盖、衣物用具什么的，硬是要文雯回家。

文雯拗不过爸爸，流着泪慢吞吞地整理着自己的行李和学习物品，嘴里不停地嘟哝着："怎么可以不读书呢？为什么要回家呢……"心里冤屈似海。

爸爸却是心情好好的，帮着她收拾东西，还把不要了的瓶瓶罐罐拿去垃圾桶丢了，把床铺收拾干净。

"被子、床垫还是留着吧，说不定哪天还要住呢，或者不要了也可以。这样，同学也看不出你不来学校了。"爸爸建议着。

"还会再回来吗……"

拗不过爸爸，文雯婆娑的眼泪滚落在床铺上。

六、"曲线"见面

上午下了课,没见着文雯在食堂吃饭。下午文雯又没来上课,只有田甜一个人孤零零地坐在座位上。

孙志成像只无头苍蝇一样到处乱撞,可是谁也不知道文雯去哪儿了。

田甜只是说,文雯可能是回家了。

回家了?不上学了?

她爸爸竟然不让她上学了?她爸爸怎么能这样狠心呢?而且快要毕业分配了呀,她这样不是要影响工作的分配吗?

孙志成一个人,漫无目的地在校园里无精打采地游荡着。

度日如年的煎熬!已经习惯了二人世界的欢乐,如今却只能独自一人苦恼!

文雯好吗?她现在在干什么呢?她吃饭了吗?她睡了吗?

孙志成像只热锅上的蚂蚁。

好不容易熬到了星期五下课,孙志成的心早已飞回去了,也不管周六上午还有半天的课才能放学。

他直接奔到了文雯家楼下,在窗户下站了一会儿,想叫却又不敢,他抬头看着窗户,文雯会不会探出头来?

心有灵犀，其实文雯也是天天期盼着：志成今天应该会逃课回来？这个点应该会到了？难道他仍要星期六中午放学了才回来？

今天已经是星期五了，志成怎么还没回来？如果回来，这个时候应该可以到家了？他会在弄堂里找我吗？文雯想着念着，把头伸出了窗外。

窗下站着孙志成！文雯差点儿叫了出来。

闺房是内间，妈妈在外间，要出去必定是要经过妈妈的"管辖地盘"。

星期一从学校回来后，文雯就没有了笑容。除了吃饭喝水，她没有和爸爸妈妈聊过一句话。爸爸妈妈却是和以往一样，笑呵呵地问寒问暖，一句重话都没有。

白天爸爸去上班了，可妈妈却是时时刻刻在家，在守着她。文雯总是觉得很不爽。

可是现在志成就在楼下等着她呢！

"妈，我要去买两支铅笔。"文雯灵机一动。

"哦？铅笔没了吗？"

"嗯。"

"我陪你一起去？"

"不要，我要去透透气，再这样下去会憋死的。"

"好吧好吧，你爸是要我管着你，不让你出去呢，去多长时间？"

"就去文具店买笔呀，一会儿就回来了。"

说着，文雯披了件外套，就慌不择路地下楼了。

推开石库门的大门，她一眼就看见孙志成站在那里。

第一章 曾经拥有

几天不见，怎么志成整个人都憔悴了？也邋遢得不行。她一把抱住孙志成，文雯的眼泪一下子就下来了，她心痛不已！

孙志成一直是抬着头在看着窗户，文雯却从背后抱住了他，满满的幸福感腾然升起！开心呀，一个星期的憋屈荡然无存！

"文雯，你还好吗？"

"一点儿也不好，我都没有下过楼。"

"我好想你！"

"我也想你……"文雯的眼泪又下来了。

"我们别站在这里，让我妈看见了，我以后就更不能出来了。"文雯拉着孙志成出了弄堂，朝黄皮路上一家文具店走去，边走边说话。

"你怎么不去学校了？"

"钱老师跟我爸说，可以不去学校了，说不用考试就可以毕业的。"

"不是马上就要分配工作了吗？"

"是啊，我也是这样问爸爸，可是爸爸却说没关系的，再去学校一两次，就和学校再见了。我怎么感觉爸爸已经知道了我的分配方向了？他们一点儿都不担心呢！"

"可是我不知道自己会被分配到哪里，会离你很远吗？"孙志成沮丧地说。

"也不会吧，六八、六九届都是去很远很远的地方，过得很苦。七零届大部分都留在上海了，仅有少数的几个去了郊区农场。我们七二届更不会有去务农的！"文雯安慰着孙

041

志成，也很关心孙志成的毕业分配去向。

"我姐姐和姐夫刚回上海。按政策，姐姐归上海工矿，我就不能去上海工矿企业了。不知道会是什么去向，如果我去了农场，那怎么办？"孙志成垂头丧气。

"也不要紧的嘛，我家楼上邻居的儿子，是六六届高中毕业去的边疆。够远了吧？也已经回来了，在街道工厂工作。农场又不远，也就是崇明或是奉贤嘛。"文雯像是找到了安慰孙志成的理由。

"那是几年？去了五六年呢。我如果去了五六年，再回来，你会等我吗？"孙志成怯怯地问。

"我等你干吗呀？"文雯一说出口，自己就忍不住笑了。

"哈哈哈，那我俩就结婚呀！"孙志成笑得不行，蹲在地上了。

"好啦好啦，我买好铅笔就要回家了，时间久了，妈妈以后就不让我出来了。"文雯着急地说，他俩已经站在文具店门口好一会儿了。

买了铅笔，两人手牵手，边走边聊。

"那你爸妈就不让你出来了吗？"

"很难呢，妈妈好像紧盯着我呢！"文雯惶恐地说。

"有个办法！"孙志成突然兴奋起来，"我如果叫田甜来找你，你总可以出来了吧？"

"这……可能可以。"文雯也高兴了，"不过田甜家离我家远了点，叫应芳来找我，可能更方便些呢！"

应芳是同校同届二班的，和文雯是小学同学，很好的闺密，应芳的妈妈和文雯的妈妈是很熟悉的。

第一章 曾经拥有

"好呀好呀,明天就可以试试!"孙志成觉得自己的办法棒极了,"曲线救国"嘛!

"哎哟,这是个照相馆呢,文雯,咱俩进去拍个照吧?"孙志成探着头,朝里张望着说。

"好呀,可是我这衣服……"文雯看了看自己过于随意的家居服。

"没关系的,我们只是留个纪念。"

两人步入了照相馆,望见摄影棚内,有一对和他们差不多年龄的青年在拍情侣照。

孙志成很是羡慕,他轻声对文雯说:"我们也拍张情侣照吧?"

文雯突然红了脸:"这……嗯……好吧……"

闪光灯"嘭"的一声,摄影师做了个拍好了的手势,还加了一句:"嗯,郎才女貌!"

从照相馆出来,孙志成和文雯兴高采烈地牵着手,边摇边跑边哼唱着:"我俩在一起,世界多美丽……"

送到文雯家的弄堂口,孙志成眼看着文雯进去,依依不舍。

第二天开始,应芳就按孙志成的安排扮演着中间角色,去文雯家叫了文雯出来,把她交给孙志成。任由他俩去看电影或是压马路,结束后,孙志成又将文雯交还给应芳。他俩开开心心地碰头,愉愉快快地再见。应芳不想像"电灯泡"似的跟着他们,索性回家等着文雯,然后应芳陪着文雯回到文雯家,或是文雯自己直接回家。

043

可是,没过几次,文雯的妈妈还是发现了。

应芳叫了文雯一起出去,文雯的妈妈没了看护的任务,去了应芳家串门聊天,可是竟看到应芳在家里。再一会儿,文雯和孙志成竟然嘻嘻哈哈地一起回到了应芳家。

文雯的妈妈突然就明白了,应芳是文雯和孙志成的"联络员"。

"联络站"暴露了。

孙志成是束手无策了。一日不见,如隔三秋!何况是相恋相爱着的人儿?

第一章 曾经拥有

七、一家欢喜一家忧

国庆节前，七二届初中生就算是毕业了。

没有毕业典礼，也没有毕业证书，连集体照都没有拍。那个年代，也没有什么可以升高中的，当然更没有考大学的了，大家就这样分开了。

大家都心慌意乱，对前途迷茫，在家等待着这一生中最重要的时刻到来——工作分配通知书的下发。

那个年代的人，现在想来也真是淳朴可爱。学校，特别是班主任，手握着每个毕业学生的工作分配的"生死大权"。学生的去向，进什么工作单位，在政策的规定范围内，大概率就是班主任说了算的。这是关系到一个人前途命运的终身大事，仅有极少脑子活络的家长会去找一下班主任，拎个水果、糕饼什么的，问问孩子的工作分配问题，或者商量个什么好一些的去向。

这段时间，文雯待在家里被爸爸妈妈严防死守着。

这段时间，孙志成像只无头苍蝇，六神无主似的在文雯家的周边转悠，却仍是见不到文雯的倩影。

11月下旬，文雯收到了邮递员送来的一个信封，全家人围在一起，心情紧张地打开……

哇！是市中区卫生学校的录取通知书，学制两年，学历是中专,这还是带薪读书的。

爸爸妈妈拉着女儿,兴奋地跳了起来!

爸爸泪眼婆娑,格外激动地大叫:"我们文家的医道,后继有人啦!"

文雯的爷爷在苏州城外操持着一家中药作坊,就是从药农手上收购中草药,经栈铺师傅洗拣分类,炼熬炮制成膏或是丸,供应给中药房。

爸爸文明博,在南平大学念了西药药理专业。毕业后没有继承父亲的中药衣钵,在苏州城里的宇庙街官巷路口开了家西药房,也算是继承了家学。

后来公私合营,西药房收归国营医药公司了。文明博被安排到上海药厂,研制开发西药药品,倒也算是成就了他学有所用的专业技术。

这天,文雯的爸爸心情极好,晚饭时小酌了一杯,反复看着通知书,轻轻地和文雯的妈妈说:"母女竟是如此之巧合,看来会是一样的职业呀!"

文雯没听懂,妈妈不是一直待在家里吗?她也做过护理或是医生工作?

爸爸却戛然而止,低头喝酒了,可不难看出,他心里仍是美滋滋的。

文雯却在惦记着:志成的工作通知收到了吗?他会被分配到什么单位呢?最差的话,可能是去农场吧?崇明是有些远,要摆渡过长江的。如果是奉贤,好像也要半天的长途车程吧?

收到通知书的第三天,妈妈陪着文雯一起去市中区卫生

第一章 曾经拥有

学校报到。

卫校在江南中路九河路口,从家乘电车,也就三四站的路程,不算远。

像是送小朋友上幼儿园似的,妈妈每天和文雯一起,早上七点钟出门,乘电车去卫校。下午四点钟卫校放学,文雯的妈妈已经等在校门口了。

爸爸悄悄地和妈妈说,至少要护送到孙志成有了去向,才能放松。

日复一日,不管风吹雨打,妈妈天天坚持着,文雯也是毫无办法,犹如与世隔绝,与孙志成没了来往。

一家欢喜一家忧。

孙志成等到的,却是八仙坊街道办事处敲锣打鼓送来的一纸大红的"光荣榜"和一封"务农落户"通知书。

务农地点是安徽省天河县陇南乡,务农时间是长期落户。

全家人都傻了,这是万万没想到的结果!竟然是去安徽?什么天河县陇南乡?长期落户?

光荣榜被贴在大门上,整个弄堂的居民都能看到。

孙志成的心里只有泪……

分配政策不是说是去农场吗?怎么会……孙志成哭丧着脸,怎么也想不明白,这到底是怎么回事?

一定是班主任钱老师!

平日里钱老师就不喜欢我,又是检讨,又叫文雯不要来学校了……

再去找老师说说?那肯定已经没用了。他曾经去过钱老

047

师家，送了半斤的大白兔奶糖，结果……唉！孙志成还是没忘了那半斤大白兔奶糖。

满是怨恨！天意弄人啊！

也不知道安徽省天河县离上海有多远，孙志成看着全国地图上的天河县，中间竟然还隔了一条滚滚长江！

听楼上的叔叔说，他去过天河县。那里是长江北面的大平原，交通闭塞，土地贫瘠，穷苦得很。

孙志成的户口已经被街道办事处迁到安徽省天河县去了。还能怎样？回天乏术！无法挽回了！

已临近过年，可是家里没有一点儿迎新年的气氛。妈妈忙着从街道办公室领回棉军衣、棉军服和棉帽子等物品，又准备着孙志成穿的、用的、吃的。不大的屋内，摊满了孙志成的东西，妈妈说这样才不会遗漏。

孙志成也不去管妈妈在整理些什么，他每天早出晚归的，像只热锅上的蚂蚁，焦虑不安地晃荡在文雯家附近，期待着能遇上文雯。

八、第一次上门

金明已经上班了，思领已经工作了，那文雯去哪里上班了？如果知道了她在哪里上班，孙志成就可以去文雯的工作单位找她了。

她知道我要去务农了吗？我俩将要天各一方了！再不见面，我就要去安徽天河县了。何年何月才能回上海呢？

我至少要知道文雯在哪里工作，也要告诉文雯，我要去哪里了呀！

我就不明白了，为什么文雯的爸妈要这样呢？不是说婚姻恋爱自由吗？我就不能主动上门，去说清楚我和文雯已经谈恋爱了？是否可以先去看望文雯的爸爸妈妈呢？如果我真诚地去恳求她的爸爸妈妈，或许他们就会同意我俩在一起了呢？

主意已定，这是1972年12月初的一天，孙志成早早地就起床了。

他向妈妈申请了十元"巨资"，买了一篮上好的新鲜水果，一盒"万年青"苏打饼干，一份裱花奶油蛋糕。去理了发，回来的路上又去了"小花园鞋店"，买了双白塑胶底黑面松紧鞋。

孙志成的妈妈看着儿子出手阔绰地买了一大堆礼品，脸上满是笑容地问:"志成,你这是要去哪里呀?"

"去文雯家,这些礼物够了吗?"孙志成心虚没底,却仍是挺胸抬头地说。

"啊!儿子啊,你这是要'毛脚女婿'上门呀?好啊好啊!我可是太喜欢文雯这个姑娘啦,又善良又端庄,家境又好,太好了,太好了!"

文雯来过孙志成家一次,还是和应芳两人一起来的。妈妈那天就已经兴奋得不行,拉着文雯的手问长问短的。好像文雯已经是到手的儿媳妇了似的。

"你应该再买一条凤凰烟的,香烟票我可以向邻居家借。"

"她爸爸不抽烟的。"

"哦!"

"她爸爸妈妈能不能接受,我还不知道呢。"孙志成其实是极其怯场的。

"哪能呢?我儿子多帅,多高呀!哪个丈母娘见了都会喜欢的!"妈妈看着儿子,信心十足,满心欢喜。

"志成呀,你是对的,在去安徽插队前,先订好这门亲事,待回来后就能结婚成家了。"

妈妈的心里,儿子永远是对的,也是最帅的。

可是,还能回来吗?一想到要去安徽,孙志成满心都是痛苦……

一件"的确良"衬衫熨烫得挺括,内着一件紫色V领毛衣,外面套了件米色的拉链衫,着一条士林蓝卡其裤。新理的头发上抹了一点点的香油,脚穿新买的松紧鞋,孙志成青

第一章 曾经拥有

春洋溢,帅气十足!

今天是星期天,天气晴朗,小鸟鸣唱。孙志成拎着礼物,心情特别好地也跟着小鸟唱起来,哼着刚听了几次的邓丽君的歌曲,眉飞色舞地走在去文雯家的路上。

"任时光匆匆流去,我只在乎你,心甘情愿感染你的气息,人生几何能够得到知己,失去生命的力量也不可惜……"

心花怒放,底气十足!孙志成也为自己这勇敢的决定而沾沾自喜。

文雯家楼下的大门敞开着,孙志成没有在窗户下呼喊,竟是直接走到了二楼文雯家门口,直接"咚咚"地敲了门。

文雯的妈妈打开门,见一小青年,顶天立地地站着,手上拎着好几包礼物,竟是孙志成,她不免吃了一惊!

孙志成跨进门口,深深地鞠躬!毕恭毕敬地叫了声:"妈妈您好!爸爸您好!"

一时得意忘形,竟把"文雯"这个前缀给省略了。

文雯的爸爸转身,看到竟是孙志成,还直接称呼着"爸爸,妈妈",气不打一处来!

"谁是你的爸爸妈妈?出去!"

孙志成一下就尴尬地杵在那里,脸涨得通红,进也不是,退也不是。

文雯的妈妈看着,觉得让他站在门口,这太说不过去,说:"来都来了,小孙,你进来坐吧!"边说边倒了杯水,放在桌子上。

孙志成冒冒失失地上门,并没有事先告诉文雯。这也是因为孙志成实在没有办法事先与文雯见个面,不然应该商议一下的。

文雯倒是觉得孙志成好勇敢,竟然直接冲到她家来了,她由衷地感到自豪!可她也实在不知道怎样为孙志成开脱,只能站在爸爸旁,怯怯地说不出话来。

爸爸放下手中的报纸,看了一眼孙志成,平静了些许:"我上回已经跟你说了,你们年龄还小,你们的路还很长,不可以谈恋爱的,可是你俩却变着花样见面。今天倒好,竟然上门来推销自己了?我说过不可以,你不可以,文雯也不可以!不管你如何花言巧语,都是不可以!"

孙志成如惊弓之鸟,不知道没进门前的勇气哪儿去了。唯唯诺诺地说:"文雯爸爸妈妈,我是真心地喜欢文雯的,我俩在一起都是很开心的,我会一直好好待文雯的……"

"好了!我说过几遍了,你听了吗?"文雯的爸爸耐着性子说。

"我俩是自由恋……"

孙志成话还没说完,文雯的爸爸就恼怒地挥了挥手说:"别跟我说什么自由恋爱,自由恋爱有什么好结局?你们才多大?马上就要各奔东西了。文雯又要开始进学校读书,要学医的。我再说一遍,以后不能影响文雯的学习,不允许你们再联系!你给我出去,把这些东西都带走!"

孙志成在来之前已经想过千百遍了,到了文雯家会遭遇到什么。但他仍坚信,只要他够真诚、够懂礼节,不看僧面看佛面,有文雯在,她爸妈应该不会怎样吧?

第一章 曾经拥有

再说，他也不差嘛！

或许，他们还会留下他一起吃个点心、吃个饭什么的。

宁波老家的人说，"毛脚女婿"上门，如果准丈母娘家端出了桂圆水煮鸡蛋，那就不用说，丈母娘是接受"毛脚女婿"的。不过他们是苏州人，不知道有没有这样的规矩？

可是……他不但没吃到桂圆水煮鸡蛋，还吃了个"闭门羹"啊……

孙志成沮丧失落到了极点！

文雯的妈妈把孙志成带来的礼物硬塞回孙志成手上，一副要关门的架势！

文雯的眼泪瞬间流了出来，她抽泣着转身跑回了里间。

"我……"孙志成退到门外，还想要说什么，可是房门"砰"一声关上了。

只留下孙志成一个人，一副失魂落魄的样子！

"马上就要各奔东西了。"孙志成想。是啊！我也真的是太天真了，我马上就要去安徽插队落户了，我的一生都要面朝黄土背朝天了。

而文雯却是"又要开始进学校读书，要学医的"，这是天使般的职业。

这不单单是从上海到安徽的距离，这是一个在地、一个在天的距离啊！

可是我却仍要和……

我这是在自作多情？还是在自作自受？

有多少*爱*，可以重来

我怎么还在纠缠？

用上海话讲，这就叫"拎不清"！

在杂货店买了包香烟，孙志成一个人孤苦伶仃地坐在路边，边抽边拼命地咳嗽着！这是孙志成第一次抽烟。

他忍不住仰天长叹……

九、离别

妈妈告诉文雯，孙志成是要去很远很远的安徽省落户的。

文雯不理解什么叫"落户"，妈妈解释说："就是那边农村乡下的人了，而且户口也已经迁走了，孙志成已经不是上海人了。"

文雯听了，心痛不已，她把自己捂在被子里，伤心地大哭了一场！

文雯向妈妈提出了一个要求：孙志成离开上海时，必须要同意她去送他。

妈妈心软，点头答应了："别说是谈过朋友的，就是同学一场，也应该去送送的。就是不知道，你爸会不会同意？"

同学们都先后收到了工作分配通知书，陆续去报到，去上班，去外地工矿，去农场……

好像是突然间，大家就都各自散了，有各自的生活了，各归各的了。

好像只在几天之间，同学们就从孩子、学生，一下子蜕变成踏上工作岗位的大人了。

文雯却是在妈妈坚定不移的"保护"下，和妈妈一起去上学，然后妈妈再乘电车返回家。下午放学前，妈妈又等在学校门口，接了文雯后一起回家。风雨无阻，雷打不动。

田甜多次去文雯家，总算是在弄堂口遇上了她妈妈。文雯的妈妈很客气地告诉她，文雯是住校的，平时不回家，而且学习任务很重很累。

田甜反复地问文雯的妈妈，是什么学校？什么专业，什么班？

只要知道是什么学校，田甜就可以去学校找文雯了。

可是文雯的妈妈却很警惕，含糊不清地说东道西，打着"太极拳"，避而不答。

这让田甜根本施展不出拳脚。

时至新年，孙志成仍是一直在文雯家附近转悠。不管文雯是在读什么，总是要放寒假的吧？至少，总是要过年的。可是，孙志成始终没有遇上文雯。

孙志成整天畏首畏尾的，委屈至极。心里想着，我其实只是要和文雯说声"谢谢"，说声"再见"，就这么难吗？

应芳那天悄悄地告诉孙志成，听自己妈妈说起，文雯寒假期间和妈妈一起去了苏州外婆家。

孙志成恳切地请求应芳，他好想在离开上海时能再见文雯一面。

"我就要去安徽了，文雯留在上海，以后是医生了。我自己明白，我和文雯的差距是有多远。"

说着，孙志成潸然泪下。

应芳深受感动，也觉得孙志成离开上海前应该见文雯一面。否则老是牵肠挂肚的，也不是个事儿。何况朋友一场，去送一下孙志成也是应该的。

第一章 曾经拥有

元宵节那天,应芳直接去了文雯家,却撞见了文雯的爸爸。应芳问:"文雯呢?"她爸爸说:"文雯和她妈在苏州外婆家,应该明后天回来。"

"哦,文雯爸爸,有本小说我要还给文雯,我放在文雯床边吧?"

"好的。"应芳和文雯的家人很熟悉,文雯的爸爸在书桌上写着毛笔字,随口应着。

应芳在文雯的闺房内仓促地写了张纸条:"孙,火车北站,2月21日上午8:15,去安徽。"夹在书里,还特意将纸条露出了一角。

总算是完成任务了。走出文雯家,应芳深深地呼了口气。只要文雯回家,就能看到的吧?文雯应该还能与孙志成见个面吧?

过了元宵节,孙志成就要离开上海去安徽省天河县了。

元宵节那天,家里来的亲戚比过年时还多。

孙志成的姐夫是北工大的军官,曾是"二弹"研制工作的技术人员之一,之后作为军方代表,被派驻北方飞机厂,直至今年转业。

他姐姐从师范大学毕业后结了婚,就随他姐夫去了北方,直到今年才和丈夫一起回上海,一起被安排在上海航技局工作。

虽然回来也有半年多了,但一直忙着工作安置等事情。

姐夫因受辐射影响，身体不好，这段时间经常要去医院检查治疗，来爸妈家就少了些。

可是弟弟就要离开上海去安徽了，这个元宵节就尤显重要。

姐姐买了一大堆孙志成爱吃的食物和衣物鞋帽等，塞了一大包。一见到孙志成，就拉着他的手，依依不舍的。

姐姐比孙志成大了七八岁。孙志成小时候，爸爸妈妈都要上班，平时差不多都是姐姐带着弟弟、哄着弟弟的，姐弟俩是亲密无间的。

在京津亨得利钟表公司工作的爷叔和婶婶，元宵节也来了。婶婶从进门开始，就拉着孙志成，叮嘱着这样，叮嘱着那样，又悄悄地用手帕包了四十元钱，塞在孙志成背包的夹缝里，仍是拉着孙志成不想放手。

爷叔也是情绪低落地坐在房间的一角，不停地抽着烟，看着孙志成和他妈妈一起整理着行装。

妈妈恨不得把所有东西都塞进儿子的行李中，这个不能少，那个也少不了，恨不得把上海的整个家都给儿子带去。孙志成却说这个太多了，那个用不着。一个塞进去，一个又拿出来。

孙志成的爸爸看着娘俩整理行李，心里也是一直想不通，人家孩子都是分配到上海工矿或是外地工矿的，为啥我家志成却是要去农村落户？儿子这辈子的前途注定是暗淡无光了，爸爸想着，不免暗自伤心。

这天是1973年2月21日的早上，上海火车站锣鼓喧天，人山人海！

第一章 曾经拥有

绿皮火车头冒着黑烟，火车将在八点十五分发车，下午五点四十分到达安徽省宝埠站。

火车开始鸣笛，可是谁都不愿意上车，全都挤在站台上，伤心着、流泪着、叮嘱着，像是生离死别！

孙志成穿着街道办事处配发的军绿色的棉袄，戴着军绿色的棉帽，不停地和同学金明说着什么，还时不时地踮起脚尖，在人群中张望着。

孙志成的爸爸妈妈、爷叔婶婶、姐姐姐夫等亲人围着孙志成不停地重复着，千叮咛，万嘱咐地唠叨不完。

应芳匆匆地跑过来，四处张望着。看到孙志成，她喘着气问："文雯来了吗？"

孙志成一直在盼着！

盼望着文雯能够出现在站台！

盼望着文雯能来送行！

盼望着能和文雯说声"再见"！

盼望着能够再次深深地拥抱一次文雯！

盼望着……

孙志成没有言语，摇了摇头……

"不会的呀，我昨晚遇上她了。我告诉她，你今天去安徽的车次和时间了。文雯说一定会来火车站送你的。"应芳肯定地说。

"文雯是遇到什么事了吗？"

"文雯昨晚说，她爸爸一定是知道志成什么时间去安徽了，这段时间，她妈妈一直和她形影不离的，管得简直是天衣无缝。"

059

有多少*爱*，可以重来

火车再次鸣笛。站台上的人们纷纷和送行的亲人们拥抱、握手，边流泪边说着"再见"，边挤上了绿皮火车。

孙志成咬着嘴唇，眼泪在眼眶里打转！
他再一次踮起脚尖，向四周张望着……
再次失望……
再次失落！
孙志成万般无奈，踏上了车厢门栏，向送行的亲人、同学、朋友们挥手告别！
毅然回头，向车厢里走去。
一直憋着的眼泪，夺眶而出……
乘务员跳上了车厢，随后，猛地关闭车门。
只听到一阵嘶哑的喊声传来："志成！志成……"
文雯边跑边招手，拼了命似的冲进了站台，追赶着缓缓启动的火车，胡乱拍打着车厢窗户！
小辫子上的绸绳散了，印着小圆点的绸带长短不一，但色彩艳丽。
火车吐着浓烟，轰隆轰隆地驶出了站台。
文雯跌倒在站台的地上！
手掌和膝盖渗着血水！
泪水满面……
今时离别后，
何日再相见？

2

第二章 广阔天地

第二章 广阔天地

一、火车上

火车离开了上海站。

车轮碾压着钢轨,发出"哐当哐当"的嘈杂撞击声,令人心烦。

车厢内,过多的行李和拥挤的乘客相互挤撞着,还没有安静下来。

整个上车的过程不算顺利,车厢里又乱又挤。孙志成好不容易放好了行李,在靠窗的座位上坐了下来。

刚才是不是有点眼花?

好像看见车窗外,有个女孩子在奔跑着,在追赶着已经启动的火车?

熟悉的小辫子上,飘着散乱了的绸绳带,绸带上的小圆点特别醒目。

像是幅画面,一闪而过!

"呀,那是文雯!"孙志成猛地反应过来,大声叫喊着:"文雯,文雯……"

绸带上的小圆点?那是我送给文雯的绸带!

文雯来了车站!

文雯是来送我的!

心中暖意滚动……

有多少*爱*，可以重来

孙志成猛地跳了起来，想要再看一眼，只听"咚"的一声，头重重地撞在了车窗玻璃上。

贴着车窗，孙志成发疯似的拍打着车窗玻璃，声嘶力竭地喊叫着："文雯，文雯……"用力试着想要打开车窗。

可是车窗本就是严丝合缝的，任由孙志成如何拼命推拉，仍是岿然不动！

用力地挤出人群，站在已经是快速行驶着的火车的车门旁，孙志成拼命地拍打着车门，大声呼喊着："我要下车！我要下车……"

边上传来了几声嘀咕："神经病呀？现在要下车……"

孙志成整个人身心俱疲，乏力地瘫倒在车门旁……

列车员拎着个硕大的，包裹着棉套的铜水壶，细细长长的水嘴好像随时会戳到乘客身上。

看见门口有一个大个子，列车员用脚踢了踢他，凶巴巴地说："喂，没有座位吗？起来！"

孙志成憋着一肚子的委屈没处发泄，竟然有人敢在这时候踢他？他一记长脚猛地踹出！只听"哐啷"一声，然后就是"哇哇"的一片乱叫。滚烫的开水洒了一地，溅得乘客四处逃窜。

开水至少有一半泼在了列车员的裤子上，列车员拼命地叫着、跳着，烫得他哇哇大叫。

乘警闻声赶了过来，摇着根红白色的木警棍叫嚷着："谁踢的？谁踢的？"

孙志成慢慢地从地上爬起，无所畏惧地说："我踢的，是他先踢我。"

第二章 广阔天地

乘警看着孙志成，凶声地说："你再踢踢看？我把你铐回去！"

铐回去？回上海？孙志成一听就来劲了，两只手往乘警的胸前伸去："喂，你铐呀！铐呀！我还不想去安徽呢！"

乘警看着这个耍无赖的高个子，反倒是无可奈何了。

"坐到自己的座位上去！"乘警告诫着，仍是不失凶威。

回到座位，孙志成发现，其实火车早已远离上海市了。

他无精打采地贴着冰冷的窗玻璃，看着车窗外……

灰茫茫的天空下，能见度很低。前几天下过的雪堆积在道路旁边，已经由洁白变得又脏又黑。铁道两侧的行道树，光秃秃的树枝上，不堪重负般承受着残雪余冰，像是在挣扎着，喘息着，一闪而过……

孙志成从包里拿出装了相框的两人的合影，对着相框玻璃哈了口气，用袖子擦了擦，看着……

文雯的眼睛好像是在看着他，她微笑着，甜甜的……孙志成看着，心酸不已。他把相框贴在胸前，泪溢眼眶……

你要每天好好的，你要每天开开心心的，我会时时刻刻想着你的……

孙志成默默地祝愿着，想着与文雯在一起时的点点滴滴……

何时再相见？我俩共牵手。

有多少 *爱*，可以重来

二、安徽的"家"

火车停靠在宝埠车站。

人群熙熙攘攘，人们乱作一团地挤着，拿着大包小袋的行李下车。

火车站上停着几十辆没篷的大卡车，车身上积了层厚厚的黄泥尘，又破又脏。每辆卡车上插着一块木板，分别写着各个地名。

孙志成先把行李丢上写着"天河—陇南"的卡车上，然后爬了上去。陆陆续续又来了二十多人，都是从上海去天河县陇南乡的。

看着这些人费力但仍爬不上卡车的样子，孙志成摇了摇头，他跳下车，帮着、托着大家爬上卡车。同车的人看着孙志成说："哈，是'长脚'啊！"

卡车载着满满的一车行李和人，摇晃着向天河县陇南乡方向驶去。

大家从来就没觉得这么冷。已经很晚了，刺骨的风冷飕飕地朝衣服里灌着，大家把棉大衣的领子拉起，把棉帽子的护耳翻下扎紧，还是冻得直哆嗦。

孙志成也被冻得瑟瑟发抖，这鬼卡车，怎么连个挡风的车篷都没有？他站起来，看着二十多人冻得直缩身子，可还

第二章 广阔天地

是抵挡不了刺骨的寒风。他大声叫喊:"别冻着了,把被子打开,裹着身体!"

一行人才匆忙将棉被拆开,包裹在头上、身上,抵御着凛冽的寒风。

卡车行驶在公路上。

公路逐渐由柏油路面变成了石子路面,继而是坑洼颠簸的泥路小道。

道路两旁的房屋,从砖砌瓦房到瓦顶土坯房,再后就是草顶土坯房了。

两侧的田地,从刚看到的还有一抹稀薄的青色,渐渐变得贫瘠荒凉。

车上,大家的心情随着两边房屋、田地越来越荒凉,变得越来越失望,越来越失落……

天色昏暗的时候,卡车终于停在了一排刷过白石灰水的平顶砖房前。

门口站立着的几个中年男子一起过来帮着卸行李,搬进屋内。

一个戴着狗皮帽,身着油亮灰黑色棉袄的男人和每个人握手,客气地请大家进屋。他们介绍,这位是公社主任。

昏暗的屋子里摆放着几张大方桌,是个食堂或是会场。桌上已经摆好了几盆菜,散发着迷人的香味。

一行人又冷又饿,纷纷落座。

公社主任还是站着,清了清嗓子,对大家的到来表示欢迎，他带着浓重的安徽口音，说了有十来分钟。孙志成只听懂了最后面的一句话："你们来了陇南，是大有作为的！"

大家围坐在方桌边，没等主任说完，都已经动筷夹菜了，大家实在是饿惨了。

每人有一块不算薄的白煮肉，一大锅大白菜炖豆腐，两个红薯，还有一大碗米饭。每个人将面前的饭菜风卷残云，太好吃了。

吃饱喝足了，人也暖和了。

主任说："今天到陇南乡来的有二百多人，你们是最晚到达的24人，其中女人有6人……"引得大家一阵哄笑。

主任不知道大家为啥笑，继续说："你们24人先选举一个队长，是去一个大队的，牌楼大队。然后分四个班，每个班去一个村。"

"'长脚'，我们选'长脚'！"

"哪个是'长脚'？"主任看着大家。

"我，我是孙志成。"孙志成站了起来。

"哦，哦，'长脚'呀？脚倒是挺长的，哈哈！"

其实，一整天的路途中，大家相互之间谁都不认识谁，谁都叫不出谁的名字。

主任叫着每个人的名字，叫了六个，六个人站出来，各自拿着行李，跟着来接他们的人走。

孙志成听到叫他，说是"牌楼大队牌楼村"，六个人，也跟着来接的人走到门外，上了一辆拖着车斗的手扶拖拉机，"突突突"地走了。

第二章 广阔天地

大约经过半个小时的颠簸,手扶拖拉机在一个土坯草顶的大房子前停下,开车的说到家了。

六个人一阵激动!

到家啦!

来接的人推开了"嘎吱"作响的木门,摸黑划了根火柴,点亮了一盏煤油灯,昏暗的灯光摇曳闪烁着。

展现在大家面前的"家",竟是个一长排的土炕,一个有着两口大铁锅的烧柴火的大灶,一张破旧的方桌和两条长木凳,一口大水缸。

地是泥地,床是土炕,没有电灯,没有其他家具,有的只是一股浓浓的霉味!

大家唏嘘着,目瞪口呆着,谁都不敢进屋了。

孙志成问来接他们的人:"我们六个人,就住在这里?"

"是的。"

"是今天临时住的?"

"不呀,是在这里长期住呀。"

"没有电?"

"嗯,没有电,当然也没……电灯。"

"自来水呢?"

"自……哦,外面院子里有口井。"

"厕所在哪呢?"

"厕所……哦,院子里有。"

"我去看看。"孙志成憋了大半天的尿了。

来人带着孙志成摸黑走了过去。

其实根本不用带路,孙志成转了个弯,就闻到了一股浓浓的臭味。

孙志成用手捂着鼻子,小心翼翼地走进"厕所"。

这是一个大粪缸,在缸沿上搁了一块木板,粪缸里大概有半缸的粪便。四根竹竿撑着一个稀疏的草棚顶,大概是挡雨的。除此之外,四周就没有任何遮挡物了。

孙志成差点呕吐!

刚刚被委以重任的"队长"孙志成不死心,又问了句:"刚才李园去了十二个人,郑庄去了六个女学生,也是住这样的房屋吗?"

"是的,差不多的。"

"也是没有厕所的?"

"不是呀,这粪缸不就是吗?我们祖祖辈辈都是这样生活,这样长大的呀!"

"这……"孙志成语噎了。

"你们领导呢?村长呢?我要找他谈谈。"

"我就是村长呀,也是村书记。哎哟,我还没告诉你名字呢,我叫郑建军,因为是八月一日的生日,又去了部队四年。你有什么事要找我谈吗?"

孙志成哑然。

"小孙啊!嗯嗯,还是叫你大孙吧?"村长看着手上的名单。

"沈瑞新比你小是吗?那就叫他小沈了。孙、沈?哈哈!"村长像是在说绕口令似的,"你们先休息嘛,一整天在路上也是怪累的,慢慢就会习惯的。我也回家了。"

"哦,谢谢村长了。"孙志成知道,也就是这样了,再多

第二章 广阔天地

说也是没用的。

再一想，不对！他立马叫住村长问："我们的早餐，吃饭呢？村里有食堂吗？"

"食堂？都是自家煮饭的，没有食堂。哦，也是，这样吧……开始两天我会叫我家婆娘来帮你们做饭，以后就是你们自己煮了。"

冰冷的屋子，硬邦邦的土炕，在床褥下作响的稻草，虽然颠簸了一天，累得浑身酸痛，可孙志成却是翻来覆去的，一点都没有睡意。

一大清早，孙志成站在屋门口，看着"家"的四周，看着将会在这里生活的村子……

坑洼的土路连着每家每户，黄土混合着稻草的泥墙垒砌着低矮的农家院落。发黑的稻草屋顶上，凝结着白雪似的霜花。伸出屋顶的烟囱，冒着淡淡的炊烟。

初冬收割过庄稼的地里，覆盖着一层冬霜。周边除了几声鸡鸣狗吠带着一丝生气，竟是静谧到令人窒息！

天是灰蒙蒙的，地是灰蒙蒙的，周边都是灰蒙蒙的。

这，就是我要长住的农村？

这，就是我的"家"？

他的脑子一片空白……

三、我是农民

我们是学生？或已是农民了？孙志成自己也没弄明白。

牌楼大队，包括了牌楼村、郑庄、李园和塘村四个小队。原来在村口有座历史悠久的石牌坊，现在还留着两个硕大的花岗石基座，雕刻着莲座般的精致图案。

在天河县来说，牌楼村也算是个富庶的地区了。村子离高邮湖不远，水源充足，村民们祖祖辈辈以种植水稻为生。

整个村庄有一百多户人家，都住着土坯垒砌的、稻草屋顶的房屋。每家都有个院子，养了几只鸡鸭，也有养猪的。过年的时候，农家会杀鸡宰猪，倒也热闹。

村民们每天在村口的钟声响时出工，到日落时收工，面朝黄土背朝天地劳作着，没有奢求地生活着。或者说一生只是为了两个字：生存！就这样代代相传。

孙志成年长其他人一两岁，又是乡主任任命的最后一批到达的牌楼大队二十四人的"队长"，也就是其他人的"领导"了。在牌楼村小队的六人中，他又被选为"班长"。

都是上海人，都是娇生惯养的学生娃，都是过着衣来伸手、饭来张口日子的被宠爱有加的孩子，一离开家，大家什么事都不会做，更别说烧菜做饭了。

第二章 广阔天地

刚来那两天,累得半死的几人从地里回来,还有村长的老婆帮着做好了香喷喷的饭菜吃,虽然没有油水,但累了饿了,吃什么都是极香的。

可是村长的老婆也是要下地的,村里也不会天天供养六个又高又大的壮劳动力。

问题还在于,村民并不喜欢这六个不会干活的人,还要把劳动成果分给这些年轻人。

轮到自己烧饭做菜,这个不行,那个不会,先是将就吃着从家里带来的炒麦粉、压缩饼干充饥,也只是混个半饱而已。

可是,每天早出晚归的。虽然说干不了什么农活,可也是累得半死,总不能没吃没喝的呀!

村里给配了些籼米和面粉,还有些红薯。可是每天的菜呢?村长倒是个好心人,带着孙志成去了他屋后的田地,指着一小块自留地里的大白菜和萝卜,说:"这里的菜你们可以自己来挖,只是要爱惜啊。"为了感谢村长,孙志成送给他一包飞马牌香烟,村长高兴地收下了,可他只是在香烟外壳上闻了又闻,不舍得抽。

一个组六个人,孙志成只好硬性规定,在一张纸上写上六个人的姓名:志成、阿马、建荣、瑞新、小丁、小杨,轮流担水、煮饭、做菜,贴在墙上。每个人又各自拿出两元钱,放在公共钱罐里,用于买些盐酱醋,添些其他生活用品。村口的小卖部里没有食用油,也没有糖,更没有肥皂。这些在上海是凭票计划供应的,这里没有这些极紧俏的商品,也就没有凭票这一说了。

有多少*爱*，可以重来

这些家伙下了工累得都趴在炕上了，轮班的还得硬撑着担水做饭。菜也只是没有油的白菜炖豆腐，豆腐煮白菜。偶尔听到村口小卖部有肉卖了，大家就赶紧买一小块猪肉，剁碎了，做个肉末煮白菜豆腐，算是开大荤了。可是，大铁锅烧米饭不好控制火候，时焦时生的，最后只能再加水烧煮，成为饭不饭、粥不粥的主食，勉强着填饱肚子而已。时间长了，大家掌握了烧柴草的诀窍，才能做好米饭了。雨天不出工时，村长的老婆会来帮着把面粉揉了，放些酒曲发酵，蒸些馒头，偶尔吃几顿，倒也觉得香甜。

洗澡还好，大铁锅里烧锅热水，在围着稻草片的院角落里脱光衣物，胡乱涂些肥皂，冲洗一下。大冬天的，冲了上身下身冷，冲了下身，上身冻得发抖。

洗衣却是学不会。在离宿舍不远处有条小河，村民的老婆们会拿根木棍，把浸过一点石碱水的衣物放在石块上捶打，再在河水里漂洗一下。

可是孙志成他们六个男孩，在上海是从不洗衣服的。别说洗衣服，连个手绢、袜子也是老妈给洗的。虽然来安徽时从上海带了些肥皂，却是连涂带抹的，漂洗晾干后，衣服上竟是斑斑点点的了。

好在住郑庄的几个女学生隔三岔五会来一次牌楼村，帮着孙志成他们烧个菜，洗个衣服、被套什么的。大家就天天期盼着郑庄的学生来，这是最幸福的时刻了。

农民没有什么星期天，天亮出工，天黑收工。只有雨天才会休息，如果连续下几天雨，就连续休息，完全是看天过日子的。

第二章 广阔天地

冬将尽,春未到。

这段时节插秧种水稻还早,村里的农活就是挖河泥,整田垄。

这是最吃力的农活了。河水干枯,河床上的淤泥堵塞了河道。农民要在河道上将淤泥铲进筐里,然后一条扁担两只竹筐,从河道中挑着淤泥爬上岸。

上海来的学生娃才十八九岁,哪里吃过这种苦?别说挑着重担,就是空手,也是爬不上岸的。这淤泥一脚踩下去,可以陷到膝盖,要费上九牛二虎之力才能把腿拔出来,站不稳就是一个"狗啃泥",浑身上下全是泥浆,像只包了泥浆的"叫花鸡"。再加上寒风凛冽刺骨,若是不动,大概就会被冻死在河滩上了。

农民赤脚穿着草鞋,挑担轻松自如,学生娃们被冻得眼泪鼻涕直流,东倒西歪着,穿着的解放鞋早就不知道陷在哪儿了。怎么也挑不了一担泥上岸。不但干不成活,还累得气喘吁吁的!

孙志成腿长脚长,非但没有任何优势,反而是陷得更深,更难拔出来,累得上气不接下气,仍是一事无成。

大家挖了半天,才堆了一小坨淤泥。

春耕春播前,先要施肥,养田就是把全村的粪缸和猪圈、牛棚里的粪施撒在田里。大家这才明白,粪其实是农田的宝。

又是一条扁担两个桶,不过这是两个粪桶。

将粪缸里的粪便捣烂,用粪勺一勺一勺地打到粪桶里,挑到田间,然后按粪水的浓度,掺上田沟水,再均匀地泼洒在田里，整个过程都是臭气熏天的。大家实在是闻不了这个味儿，只能用毛巾遮住口鼻。村民们看着，像是在看小丑似的嘲笑他们。

更难的是，农民挑着粪桶走在田埂路上，边用粪勺子泼着粪水，洒得远，泼得散而均匀。

换了他们，要么洒在自己身上，要么泼在田埂上，怎么也洒不远。而且重担压在肩，弄得又重又臭。

冬去春来，水稻田经过一段时间的浸养，已经是泥润肥足了。

田头堆放着一扎扎的，长了有一掌长的秧苗。村长和会计都是干农活的好手，他俩把小扎的秧苗均匀准确地抛向田里的各个点位上。

每人一垄，开始插秧。

几个学生娃，穿着棉袄还感觉冷，束手无策地站在田头上，先看着农民赤着脚，裤脚卷到膝盖上，踏入会陷进去的稀泥中，左手拢着秧苗，右手掰三四支秧苗，插入稀泥中。掰下，插入稀泥中……

每行六株，插一行，倒着退一步，继续插。又快又好又均匀，横的六株，竖的对齐。

也就是这样嘛！六人卷起裤脚，脱了鞋，每人一垄，一脚踩了下去。

哇！这泥凉的……他们冷得浑身抖了起来！根本踩不下去，又跳了上来。

可是脚上、腿上都已经是淤泥，他们站在田垄上，寒风吹着生了冻疮的手脚,他们更觉得刺骨。没办法,总不能不下田。

再跳下去,学着农民的模样,倒着身子,插入六株,倒退一步,再插六株……

"哎哟!你们几个娃这是在干啥呀?你们是在作践秧苗呀!看看呀!看看呀……"村会计扯着嗓门,像是碰见鬼了似的大喊大叫着,引得在插秧的农民都直起了背,看了过来。

他们插过的秧苗,一组粗、一组稀,全部都是乱七八糟的。根本看不出一行是几株,也看不出是不是插在一行,七倒八歪。更离谱的是,秧苗大都漂浮在水面上,根本没有插入泥中……

农民们也都跟着七嘴八舌。

村会计继续大喊大叫:"这是在插秧呀?不插还省了许多秧苗呢!上海娃只会吃饭啊?还能干啥啦……"

孙志成听着听着,怒火中烧!手中的一大坨秧苗如保龄球般飞出,不偏不倚,砸在了会计的脸上!

村会计在村里豪横惯了,冷不防一坨连泥带浆的秧苗砸在脸上,一个趔趄,整个人竟是脸朝上被砸在了水稻田中,溅起了一大片的泥浆!他浑身都是泥浆,竟是花了九牛二虎之力才爬了起来。

村会计浑身湿透,满身泥浆,冻得发抖,他抓了两大把泥朝着孙志成甩了过来,嘴上要死要活地叫骂着,冲了过来,似要拼命。

村会计的头朝着孙志成,没命地撞了过来!却被孙志成轻松地一把搭住,一个背摔!村会计重重地摔在了泥浆中!

村长大声的叫停声,已经被村会计的骂娘声淹没……

田里另外两人是村会计的小舅,发疯似的,一脚高一脚低地从稻田中冲了过来!孙志成冷笑着,站着不动,待两个蛮家伙冲到面前,一手搭住,只听"扑通"一声,再来一个,又是"扑通"一声!两个家伙都是"狗啃泥"似的趴在水田里了,溅得孙志成也是浑身的泥浆。

"哇……啊……"田地里一片的惊喊声,"这上海人会武功啊!""这个大孙不得了!"

没人再敢帮村会计出头了。

孙志成的脚陷在泥浆里,看着上气不接下气的村会计,他大声怒道:"做得不好可以好好说话。要骂娘?你找错人了!上海人不是跑来给你欺负的……"

说完,孙志成双手搓了搓泥浆,俨然像个大英雄似的爬上了田埂。要知道,孙志成这几年在浦泾中学练的是摔跤,不是吃素的。

几个兄弟也都一起爬上了田埂,围着孙志成,对他肃然起敬!

看看水稻田,已经被糟蹋得一塌糊涂。

孙志成的怒火还没消,想要放下裤脚不干了,可是,他猛然发现,怎么腿上、脚背上都是血?再看一眼阿马、建荣、瑞新、小丁、小杨,竟然也都流淌着鲜血,吓得孙志成一阵哆嗦。

这是怎么了?他一屁股坐在了田埂上,"哇!"几个人都大叫了起来!"这是什么东西?吸血鬼啊?"还在腿上、脚背上蠕动着呢。

第二章 广阔天地

"救命啊……"几人竟是同声地呼叫了起来。

"哎呀呀呀……喊什么?不就几条蚂蟥吗?要这样喊救命的吗?"村长看着发笑,幸灾乐祸地说,"刚才大英雄似的气概哪里去啦?"

可是,孙志成真的是天不怕,地不怕,就怕这种像鼻涕虫似的软不拉叽的虫子,看了就恶心,都不敢去触碰。

"把它拉下来不就好了吗?"村长像在大声命令,"一个大男人,难道还怕了一条小虫子不成?"

孙志成哆嗦着,用手去拉吸在腿上的蚂蟥,手指一碰上就缩了回来,竟是不敢。

村长着实是看不下去了,蹲下身子,先是轻松地在孙志成的腿上拉下了一条。又抓着孙志成的手,硬是将孙志成的手按在仍在蠕动着的蚂蟥上,大声吆喝着:"扯呀!把它拉下来呀!"

孙志成闭着眼睛,看都不敢看一眼,哆嗦着硬是把一条黏糊糊的东西扯了下来。他睁开眼睛一看,这条躺在田埂上的虫子仍在蠕动着,真的恶心透了!

村长从腰袋里摸出一点点盐,撒在蚂蟥身上。不一会儿,虫子就死了。

孙志成看得头皮发麻,终于憋不住了,连隔夜饭都一起呕了出来。

村长反而哈哈大笑了起来:"不就一条蚂蟥吗?至于这样吗?现在是春季,到了夏秋季收割时,蚂蟥比现在多得多呢,不活啦?"村民们也都跟着大笑起来。

可是孙志成仍然心有余悸,腿上仍在淌着血。

"你们脚上怎么没有这'吸血鬼'？是专咬我们的呀？"孙志成看着村长粗壮的腿说。

"也有的呀，只是我们皮糙肉厚的，哪像你们细皮嫩肉的，这多招蚂蟥喜欢呀！"村长仍是嬉笑着，像没事一样。

"这会不会感染啊？要不要打针吃药？"孙志成想到了血吸虫病，他叫嚷着，越想越害怕。

"死什么死呀！我们不都活得好好的吗？"村长暗自好笑，这些矫情的上海娃呀，都快二十了，被蚂蟥咬一下，这不是农民的家常便饭吗？就吓成这样了。

牌楼村每一个季度结算一次工资。

从下地干活开始，也有近半年了，大家期待着，这是自己挣钱了。

已经吃了几个月的大白菜了，领了钱，第一件事就是要改善一下伙食！昨晚大家还在讨论，要买只鸡，买斤肉，再来瓶天河大曲，哈哈！

村口大槐树下，村会计拨拉着算盘珠子，大声地叫喊着："郑老五，36.5 工。老黄家，34 工……"

一工？一工是多少？是多少钱？大家听着，感觉不能理解。

"孙志成，24.3 工。"

"阿马，23 工。"

"小丁，24 工。"

"……"

大家糊涂了，站起来问："这每一工是多少钱呢？"

第二章 广阔天地

会计拉着一张神圣不可侵犯的脸，傲气凌人地说："我现在报的是每个人上个月的出工，前几个月的已经贴在村公示墙上了。一工到底是多少钱，这是要到年底才能算出来的。可能是六分，最好的是去年，有八分多钱。"

问题还在于，这只是报一下上个月的出工结果，把每人的每月出工贴在墙上而已，并不是发现金，钱要到农历年底才发，也就是一年发一次。可能有部分现金，也可能只是分些稻谷杂食。

大家跳了起来，什么？累死累活做了几个月，每天六七分？是六七分钱？这一个月下来，全部算成钱，也就最多两元钱？而且还不知道到年底是不是钱？

"这不是剥削我们吗？"孙志成怒吼道。

"如果按农民的效率计算，你们连这些都得不着呢，是村长照顾你们。"

"不干了！"孙志成气得骂娘。好在当地人没听懂他是在骂人。

可是黄会计却是听到了"不干了"三个字，接口说："你们不干？可以呀，村长家还省了不少的大白菜呢！"

村长摇着手，对着会计怒道："别吵了。"

村长走过来，对几人说："你们才来牌楼，是不知道，农民的收入就是这么一点点的。我们牌楼村，牌楼小队，是我们的大队中收入最高的一个小队了，去年也有八分五厘呢！隔壁的郑庄小队、李园小队，去年底结算下来，全年还不到七分钱一工呢！"

六个小男子汉，眼泪流了下来！

什么叫血汗钱？累死累活干了一个月呀，上海工矿的学徒工，每月有17元8毛4分，正式工更是有36元呢！而我们这些知识青年，一个月才两元钱？而且不知道是发稻谷还是现钱？

像是霜打的茄子一般，孙志成整个人都焉了！刚来的时候，还想着好男儿志在四方，只要自己好好干，努力干，总有一天会衣锦还乡的。

谁知道，每天吃着炒白菜、白菜汤、腌白菜，睡着冰冷梆硬的土炕，每天累得像条狗似的，早出晚归的，一个月下来，竟只有两元钱？弄不好，到年底还只是几袋稻谷。就算是现金，做一年也只有二三十元钱吧？我在浦泾中学住读的时候，每个月的饭菜钱和零花钱也要十元呢！这怎么活下去？孙志成瞬间心灰意冷，叹息失望！

"阿马，去买两瓶大曲。"孙志成从包里翻出了从家里带来的几元钱，递给了阿马。

阿马答应着，去村口小店买了两瓶天河大曲和一包炒花生米。

六人各自拿出带来的香烟点了，一支接着一支。六个大碗，满上大曲酒，就着花生米，默默无声，大家心灰意冷地喝着这个又呛又烈的山薯酿的"大曲"。

几个小年轻，平时不喝酒不抽烟的，今天大家一起，今朝有酒今朝醉！边流眼泪边诉苦，越喝越伤心，越说泪越流！

孙志成坐在地上，靠着炕沿，自问：这就是前途？今生，我是不是就这样了？

第二章 广阔天地

六个兄弟,想念着家里的爸爸妈妈,想念着家里的兄弟姐妹,想念着在家的日子,抱头痛哭起来……

第二天清晨,村口的钟声响起。

六个家伙却仍赖在炕上,谁都不想起来。

还要去上工吗?这上工有啥意思?累死累活的,一个月才两元钱。

不去了!

不干了!

我妈妈还给我带了三十元钱呢!

我妈也给我带了二十元钱呢!

……

只要留出回上海的路费,不上工,也能过日子的。

孙志成心想,我算是大户了吧?我妈妈给了我三十元,我婶婶给了我四十元呢。

婶婶竟然给了我四十元?她家还有儿子和女儿呀,爸爸妈妈爱我宠我,爷叔婶婶也一直待我极好。

孙志成躺在炕上,百无聊赖地想着。

门被敲得"嘭嘭"作响!村长在门外大声喊着:"六个懒虫!上工插秧啦!"

上工?每天早出晚归的,一天几分钱?

"我们不出工了!"孙志成在屋里大声回答。

"开门!"村长仍在敲着门。

没办法,孙志成拖着鞋皮,一脸不耐烦地去开了门,又自顾自地回到了炕上。

"哎哟，你们这是浸在酒缸里啦？这么重的酒味呀！才做了多少工分，就这样作践自己！"

"累死累活的，一个月才两元钱？我们不干活了，我们要回上海去了！"

几人七嘴八舌地，怨气冲天地说。

"不干了？回上海去？可以呀！"村长点了支自制的卷烟抽了一口，说，"你们回上海去干啥？吃爸妈的？用爸妈的？"

"我们可以在上海工作呀，做什么都比在这里强多了！"

"工作？你们的户口都在陇南公社，回上海？没户口的人可以工作吗？扫地的也是要有上海户口的吧？做个小买卖也是不被允许的吧？"村长带着嘲笑的口气说。

"……"

村长的话，把大家闷哑了。

户口在天河县陇南公社，回上海去也真是不能工作的。

别说不能工作，连在上海待着，也会有人天天来你家门口，敲锣打鼓地赶着你离开上海。

六个人都抽着烟，一声不吭。

村长摇着头说："好了，你们是从大上海来的年轻娃，农活的确是很累的，农村生活也是很苦，可是，你们的命运就是这样了，只能慢慢适应。"说完，村长叹息着，自顾自地走了。

虽然才来了五个月的时间，每天吃的是白菜萝卜，每天累死累活。本想着，来都来了，只要学着干，好好干，总会有在广阔天地大有作为的一天。

第二章 广阔天地

可是,现在这样累死累活干一年,还不如上海学徒工一个月的收入,因为我们是农民?这就是我们的命运?

大家全都意志消沉,精神萎靡,垂头丧气着。

还叫文雯等着我呢!

我自己都养活不了自己,还想要……

孙志成的心情沮丧到了极点,眼泪默默地滑落……

有多少爱，可以重来

四、偷鸡风波

第二天一早，村口催命似的钟声照样响起。

五个家伙懒洋洋地披着件棉袄，跟在孙志成屁股后去上工。

孙志成是真心不想出工。可是，孙志成不出工，这些家伙也都不出工。就算大家都不出工，又能干啥呢？

到了田头，今天还是插秧。

孙志成想着那些软不拉几的、吸血鬼似的蚂蟥，心里一阵阵的恶心，真的不敢下田了。磨叽了一会儿，他还是掉头走了。

孙志成一走，瑞新、建荣、阿马几个也跟屁虫似的走了。

村长看看他们几个，摇了摇头，自顾自地继续插着秧。

回到"家"里，心情更是郁闷。孙志成斜倚在炕头，瞪着眼睛看着屋顶。

稻草盖着的屋顶，垂着稀稀拉拉的草梢，已经发黑斑驳。一根根竹子的屋椽，像是牢笼粗大的木柱，把孙志成关在了笼子里。似挣脱不了的枷锁，任凭孙志成如何挣扎，竟是越挣扎捆绑得越紧，喘不过气了！

孙志成吓出了一身冷汗！他惊醒过来，才迷迷糊糊感觉自己是在做梦。

第二章 广阔天地

他打了个大大的喷嚏!随之而来的是咳嗽,涕泪齐下,好像是感冒了。

可能是被子没盖就睡着了。

他突然想到,会不会是血吸虫叮咬后感染了呢?孙志成记得自己从来没有感冒伤风过呀!

已经是午后了,屋子里怎么没有人呢?这几个家伙不是也没下田就回来了吗?

记得中学时,有一段关于血吸虫病的诗词:

绿水青山枉自多,

华佗无奈小虫何!

千村薜荔人遗矢,

万户萧疏鬼唱歌。

这是说,华佗也有看不好的病,千村万户的人都死光了!

我这样会死吗?蚂蟥不就是血吸虫吗?孙志成看着腿上的疤痕,一阵后怕,要去医院看看的!他支撑着起来,披了件棉袄,却觉得浑身绵软无力。

刚挪到门前,就听到嘻嘻哈哈的声音。一帮家伙,手上竟然拎了只大母鸡,还在"咯咯咯"地叫着、挣扎着。

"哪来的鸡呀?"孙志成吃惊地问。

"哈哈哈,我们去李园看看其他人,回来的路上捡的。"阿马和小杨异口同声地说。

"捡的?你们再去捡只给我看看?"孙志成怎么也不会相信这种鬼话的。

"是……是我用弹弓打的……"小杨挺自豪地说。

"弹弓？弹弓能打着鸡？谁家的鸡？"

"真的不知道是谁家的，鸡在田间的……"阿马嘟囔着说。

"当心人家找上门，以后不可以这样啊！"想想也算了，来到了这个鬼地方，天天白菜加豆腐，也没吃过什么荤的。抓都抓来了，总不至于再还回去吧？其实，孙志成也是馋了。

说着，倒把要去看病的事给忘了。

这帮家伙，平时很懒，不会烧饭，不会做菜，杀鸡、烧水、烫毛、拔毛倒是做得极好，极其积极。不一会儿，满屋子香气飘溢，足足两大盘子的白切鸡，只是刀功差了些，斩得乱七八糟的。瑞新调好了两小碗的蘸料，蘸着白切鸡，这味道……啊呀呀呀，真是绝了，上海的"小绍兴"也是绝对比不上的！

"别动，别吃呀！我去买瓶大曲！"瑞新跳起来，边说边跑出去了。

两大盆肥到流油的白切鸡，一瓶天河大曲，六个年轻人嘻嘻哈哈着，风卷残云，满嘴流油，不一会儿就吃得差不多了。

突然，门被砸得"砰砰"作响！一个鸭子似的嗓门，边砸门边叫喊着："杀千刀的呀！偷鸡贼呀！你们不得好死呀……"

"砰砰……"

屋里的人正吃着喝着，一下子全都停了下来。

"是村会计的老婆？"孙志成听出来了，"真是冤家路窄呀！你们是偷了他家的鸡啊？"

"快，快！把鸡全收了，藏起来！"建荣轻声急促地叫着。

藏哪里呀？屋里连菜橱碗柜都没有，大家都乱了阵脚！

"放铁锅里！"瑞新轻声叫着，大家手忙脚乱地把剩余的一点鸡肉和满桌的鸡骨头一股脑地倒进了铁锅里，盖上了大锅盖。大家赶紧抹了桌子，扫了一下地，感觉已经完全销毁"证据"了。只是，可惜了这一锅鲜美的鸡汤了。

孙志成看了一遍，轻声嘱咐："平时不要惹事，有事也不要怕事。"拖着鞋子去开门。

再不开，门马上会被砸烂。

村会计的老婆气得"呼哧呼哧"地喘着粗气，边拍着双手边骂着，完全像是个泼妇。她身后跟着几个不知是谁家的婆娘，还有一些看热闹的人。叽叽喳喳的，像是要把这屋顶掀了似的。

村会计的老婆双手叉腰，继续骂着，要几人把鸡交出来。

"喂喂喂，你骂谁呢？哪来什么鸡？"阿马有点谁做谁担当的气概，对着村会计的老婆，也是横眉冷腔地伸直了脖子。

"哎哟喂！天杀的呀！你们上海来抢饭的，打了我老公，还要偷我家的生蛋鸡呀！还有没有王法了……"村会计的老婆竟一屁股坐在了地上，拍手拍脚拍地，哭骂开了，"这鸡一定是被这帮赤佬给吃了呀……"村会计的老婆哭丧似的叫唤着，门外一帮婆娘就气势汹汹地冲了进来，翻箱倒柜的，边翻还边说着:"这么重的鸡味,一定是他们偷吃了!"可骂归骂,就是没有找到鸡的影子。

孙志成得理不让人了:"谁偷你家的鸡了?鸡呢?都给我滚出去!真是吵得人头疼!"

可是,一个婆娘竟然捧着一个竹畚箕进来。竹畚箕上满满的全是湿漉漉的鸡毛和血渍!

"嫂,这就是你家的芦花鸡呀!这帮杀千刀的,偷了鸡吃还耍赖!"

哎呀,这倒是没想到。在后院杀了鸡拔了毛,竟没想过要倒掉。孙志成叹了口气!这婆娘怎么会去院子里找的呢?

村会计的老婆一看到鸡毛,猛地从地上弹了起来!大声叫着,冲向孙志成!"你这个流氓!你这杀千刀……我的鸡呀……哎哟喂!"泼妇般的拳头雨点似的锤在了孙志成身上。

孙志成着实感到厌恶,也自知理亏,大声道:"吵什么吵!不就一只鸡吗?多少钱?我们赔你!"

"哎哟喂,一只鸡啊?我这是生蛋鸡呀!鸡蛋孵小鸡,小鸡成母鸡……你赔得起吗?我要去告你们!我要你们统统去吃官司坐牢……"会计的老婆一副咄咄逼人的疯婆子样,边叫着边捶打着孙志成。还好孙志成人高,否则婆娘会抓孙志成的头发和脸的。孙志成退一步,会计的老婆就进一步,不停手地又骂又打。

孙志成退到没地方退了,火气爆发了:"你若再打骂,我把你扔出去!"

"哎哟喂!打人啦!偷鸡的人要打人啦……你打呀!打

呀……"会计的老婆歇斯底里地叫唤着,冲上来拉着孙志成的手臂,一口咬了下去!

这一口咬得孙志成跳了起来!"你疯啦?"他一挥手臂,会计的老婆竟被甩到了炕沿上,头上立马涌出了血。

屋里看热闹的人立即惊哄了起来:"哎哟喂!打人了!出了好多血……"人们一起涌了上来,对着孙志成又扯又拉……乱成了一团。

会计和村长闻讯赶到时,屋里已经是一塌糊涂了。五六个婆娘扯着孙志成,一件球衣竟是被生生撕开了。

村长大喝一声:"都在闹什么?住手!"

会计的老婆看到村长来了,反而闹得更凶了:"哎哟喂,我不活了啦,这帮杀千刀的呀,偷鸡还打人呀,我血都快流干了!"又是跳又是撞的。

村长瞪了一眼会计说:"老黄,是不是就这样一直闹下去啊?还不快拉你婆娘回家!"

村长的威望还是有的,可是村会计却嘟哝着:"他们偷了我家的老母鸡,总要赔钱的!"

"我说过,是要赔钱的,可是你家婆娘不愿意呀。不过你家的老母鸡怎么跑到李园村去了?"孙志成还是有点强词夺理的。

不知道是什么原因,孙志成的话引来了满屋的窃笑,弄得孙志成一头雾水。

"村长,你看看,你给我评评理!"村会计跳了起来,满脸的冤屈。

村长摇摇头,叹息了一下说:"大孙,你看赔多少钱?"

孙志成知道,乡镇集市上,一只老母鸡大概是不到两元钱。"赔她三元吧?"孙志成开价。

"我冤枉呀!你们偷了我的生蛋鸡还打人呀……我要告你们去呀……"会计的老婆又叫了起来……

"好了好了!大孙,你们赔她五元钱吧,这事就这样了结了!以后记住,鸡鸭都是有主人的,不是想吃就能吃的!"村长还是有点水平的,没说是"偷鸡"。

不过五元钱贵了,孙志成有点儿心疼。可是这事是他们理亏,再吵下去也是不能收场的。只能摸出五元钱,递给了村长。

会计的老婆嘟囔着还想说什么,被会计拖了出去。

一屋子的人这才散了。

孙志成突然觉得筋疲力尽,浑身酸痛得难受。真想要狠狠地骂他们一顿,吃了一只鸡,惹了这么大的事,以后这脸往哪里搁?人家会一直指着脊梁骨骂他们是偷鸡贼的。

孙志成心情郁闷,一句话也没说,倒在了炕上,竟觉得浑身发抖,盖上了被子还是冷得发抖。

瑞新觉得孙志成不对劲,脸色潮红。他摸了摸孙志成的额头,叫起来:"哇,'长脚'你发烧了!要赶快去医院看看!"

"医院在哪里呢?建荣,你快去问问村长!"瑞新叫喊着。

是啊,来到牌楼村这么久了,谁也不知道哪里有医院。

村长风风火火地赶来,冰冷、粗糙的手摸着孙志成的额

第二章 广阔天地

头,自言自语地说:"热度还不低。"说完就心急火燎地奔了出去。

不一会儿,村长又跑了进来,拉起孙志成床上的垫被、被子,边对着瑞新叫着:"拖拉机坏了,你扶着大孙,我用板车拉他去乡医院。"

孙志成哆嗦着大吃一惊:"去乡里?拖拉机坏了?这要走二十多里的路程啊!"

可是村长根本不理孙志成在说什么,利索地在一辆大板车上铺上了垫被,把孙志成按倒在板车上,给他盖上了被子,四周塞好后问:"瑞新,你去吗?"

"去的,去的。"瑞新赶紧套了件棉袄。

"带个大孙的水壶,灌满开水。你自己的水壶也带着。"村长大声命令着。

村长将板车的牵绳套在肩膀上,瑞新在车后推着,风高月黑,两人深一脚浅一脚的,用力拉推着板车,出发去乡里。

孙志成却是声嘶力竭地大叫:"村长,不要去呀,二十多里呢,我们别去啦……"

村长"哼哧哼哧"地拉着笨重的大板车,理都不理孙志成,边跑边解开棉衣的扣子,反而加快了脚步。

孙志成躺在颠簸得厉害的大板车上,浑身仍是冷得发抖,可是,两行热泪却流了下来。

离开上海,来到这牌楼村。其实他们这些人的出工、生活、吃饭,都是村长照应着,连看病都是村长……

大约走了一半的路程,瑞新实在是走不动了。别说推车,就是跟着，也是上气不接下气了。

村长在一个村庄边停了下来，摸了摸孙志成的额头，焦急地说："大孙还是很烫，要赶紧了！"说着，他叫瑞新喂孙志成喝水，喝了抓紧走。

瑞新喂孙志成喝水，问村长："医院只有乡政府才有吗？那平时村里有人生病咋办？也是送到乡医院？"

"村里有个老中医，平时会开些草药什么的。乡医院其实也只是个卫生所，有两三个大夫，也只能做个尿常规、血常规什么的，真的生了大病还是要去县城或是市里。"村长说着，脱了棉袄盖在孙志成身上，又起步了。

摸黑赶路，总算是到了乡卫生所。

村长已经是大汗淋漓了，瑞新更是上气不接下气的。

还好，卫生所内还有微弱的灯光。村长敲着卫生所的大门，一个中年医生开了门，村长认识他，叫他方大夫。

他看了一下孙志成的状况，又摸了摸额头。方医生动作还算麻利，把一支玻璃体温计塞进孙志成嘴里后，就在一个铝饭盒里拿出个酒精棉球在孙志成的手指上涂抹了一下，一根黑不溜秋的三棱针就"噗"一下戳在了手指上，挤了点血出来，滴在薄玻璃片上，就进了化验室。

瑞新看着墙上的挂钟，九点半。也就是他们从牌楼村到乡里，二十里路，平时至少要走两个多小时，今晚只用了一小时十五分钟。

过了三分钟，瑞新从孙志成口中拿出玻璃体温计，对着灯光转了一圈："哇，这是39.6摄氏度吗？这么高呀！"瑞新跳了起来，"喂喂，医生呀，病人39.6摄氏度呢，要抢救

第二章 广阔天地

的呀！"

方医生理都不理瑞新，埋头在一架很老旧的显微镜下看着，手在纸上写着什么，又拿着个小秒表似的计数器不停地按着。

大约有六七分钟的时间，方医生抬起头，皱着眉头问："晚上吃了什么东西？"

"吃了……"瑞新看了一眼村长，怎么哪壶不开提哪壶呢？

村长倒是"扑哧"一声笑了出来："吃了只偷来的鸡……"说着，又笑了。

"死鸡？"方医生接着问。

孙志成听着，想找个地洞钻进去："下午就开始不舒服，发冷发抖了。和晚饭没关系吧？我是前几天被血吸虫咬了，就开始不舒服的。"

"血吸虫？"

"什么啦！是被蚂蟥咬的！"村长补充说。

方医生没说什么，拉了下村长，两人去了里间。

"郑村长，他的白细胞数量高得一塌糊涂，我感觉像是得了伤寒，伤寒是要传染的！如果确诊，是要隔离治疗的！"

"怎么会呢？"村长不解地问。

"伤寒一般是病从口入，也有很大可能是粪便。比如田里施的肥是人兽粪便，通过蚂蟥的叮咬，也会将伤寒杆菌传染到人的血液中。"医生解释道，"问题是我这里只能检验血或尿的常规，想要确诊还是需要去县医院检查和治疗的，如果去市里更好。"

"伤寒能治好吗?"村长焦急万分,觉得孙志成的病好像不轻。

"应该能治好的,我现在先给他退热消炎。我这里有喹诺酮类抗生素、氯霉素等,是能治疗伤寒杆菌感染的。"医生皱着眉头,但听上去还是很有把握的。

"问题是现在已十点多了,去市里还要三百多公里,也没有车,时间拖太长了更不好。我现在先用药,血液指标有好转就不担心了。"方医生无奈地说。

两人走出来,瑞新扶着孙志成进了乡卫生所唯一的一间病房。

年久破旧的病房里,搁着两张木制的单人床和一个木头的挂瓶架子,白漆已经脱落了。床上的白色被子又薄又旧,还好是洗晒过的。

孙志成浑身发抖,肚子也隐隐作痛,无力地躺在了床上。村长又将旁边的被子抱了过来,加盖在孙志成身上。

方医生动作麻利地拿着个滚烫的铝饭盒进来,拿出针筒针头,先在孙志成的手臂上打了一针退热针,又挂了两个盐水玻璃瓶在木架子上。忙完,他叫村长和瑞新一起出去。孙志成虚弱无力地叫住了医生问:"我会死吗?要告诉我家里人吗……"

"哈哈,不会,你放心地睡吧,会好起来的!"医生肯定地说。

"你们不要与他近距离接触和说话,也不要待在病房里,伤寒会传染的。"方医生边说边给村长和瑞新各一个纱布口罩,"我估计要三天,才会有好转。你们要不回去吧!"

第二章 广阔天地

"我要陪着的,他一个人我会担心的。"瑞新对村长说,"还是你先回去吧,不过我没带钱呢,看病要付钱的吧?"

"哎呀!匆忙着出来,我也只带着十来元钱,留给你用吧,不够可以打欠条。如果有什么事,你打村办公室的电话。大孙如果没有好转,我们再想办法去市里的医院。"村长边说边掏出用手帕包着的零钱,全部给了瑞新,又去病房看了下孙志成后,与医生说了几句,拉着大板车连夜赶回去了。

方医生拿了一条被子,搁在病房门口的长条木椅子上,说:"你叫瑞新?晚上就只能睡这里了,早上要把被子收起来的。如果孙志成有事,你叫我。"

然后又进病房看了孙志成后出来,跟瑞新说:"晚上孙志成可能会拉肚子,拉肚子是好事,不用紧张。你要戴好口罩扶他,上厕所时别着凉了。"医生叮嘱完后回了办公室。

瑞新其实也是累得不行。为了吃只鸡,搞得鸡飞狗跳的,又黑灯瞎火赶了二十多里路。他用被子裹着身子,一倒下就呼呼地睡着了。

一阵嘈杂声吵醒了瑞新,天已经亮了。方医生推了推瑞新说:"该起来了。"

瑞新揉了揉眼睛,才想起孙志成,赶忙冲进病房,见孙志成竟然已经在喝粥了。瑞新摸摸孙志成的额头,好像是退烧了。

孙志成摇了摇头说:"你睡得像猪一样,昨晚我拉了三四次,叫你也叫不醒,都是方医生来伺候的,他一夜没睡,真的是太不好意思了。"

"你现在怎么样？看上去好多了呢。"

"早上又抽了血，医生说会送去县城医院化验，可能要等到下午才有结果，今天继续点滴。不过我觉得好多了，好像是死不了了。"孙志成惨笑着说。

"验个血要送县城，生了急病大病咋办？去几百公里外的省城？这不是要了命了？"瑞新嘟囔着说，"还不如回上海看病呢！"

"回上海……"孙志成突然眼睛放光！"可是方医生说了，伤寒是会传染的，不能乘公共交通工具的，那怎么回上海呀？"

"这……那你从这里出院后，再回上海医院好好检查一下？"瑞新建议说。

"这……"孙志成突然心情好了起来。"是啊，可以回上海去的，待在这里，得了传染病，能看得好吗？"

傍晚，方医生进病房告诉孙志成："血检结果，我的判断没错，确实是伤寒杆菌，是传染病！"

"那……那能治好吗？还会发病吗？"孙志成慌张地问。

"能治好，你今天就好许多了。而且，伤寒病得了一次，以后对伤寒杆菌就免疫了，就不会再得伤寒了。"方医生肯定地说，"你明天再点一天的滴，做次化验，大概就可以了，不过还要吃几天药。"

"我需要去上海做检查吗？"

"哦……也可以，更彻底一些当然更好。"方医生同意了。

"那你能在病历卡上写上建议去上海看病吗？"孙志成

第二章 广阔天地

想着，如何向村长请假。

"嗯，好吧。"方医生竟爽快地答应了。

第三天下午点完滴，瑞新就说打电话给村长，如果拖拉机修好了，想叫村长来接一下。否则走回去呀？孙志成一定是没力气走的。孙志成却阻止了瑞新打电话，说："别让村长再来回折腾了，我们去向乡政府借辆自行车，不知道行不行？"

端新点头，去了乡政府。

没过多久，瑞新竟和乡公社主任一起来了病房。主任一进来就责怪孙志成："哎呀，你生病了也不告诉我呀？我可以叫厨师烧些菜呀！以后有什么事，来乡里了，可以找我的嘛，回去了要好好休息呀！"把孙志成感动得泪花闪烁，有些受宠若惊了。

瑞新骑车，孙志成坐在后座上，回牌楼村。

土路崎岖不平，自行车颠簸得厉害，坐得孙志成屁股生疼，孙志成索性下来走了段路。

"唉，瑞新啊，这鸡到底是怎么回事啊？是偷的吗？"孙志成仍是忘不了这耻辱。

"其实真的不能算是偷的，我们去李园，在他们那里吃了午饭。在回来路上的田埂边，看到了这只老母鸡，我们就扑了上去，也是好不容易才抓住的。"瑞新推着自行车，"谁知道竟是会计家的。"

"我那天问黄会计的老婆，你家的鸡，为什么会在李园？然后这些婆娘都笑了，为啥要笑呢？"孙志成想起来，觉得奇怪。

099

有多少*爱*，可以重来

"啊哈哈哈，你不知道啊？她们说，黄会计的老婆会偷偷去李园，和谁，叫不出名来，说是偷汉子，哈哈！"

"什么？这么肥的肥婆娘，还……哈哈哈哈！"志成放声大笑。

村长和他的老婆听说大孙回来了，匆忙赶来，还送来了几个鸡蛋，看望孙志成。

想着村长拉着大板车，摸黑跑着送他去乡卫生所，孙志成真心地感激！想要说些什么，又说不出什么，他转身拿了一条香烟，硬是要送给村长。

村长呵呵地笑了："你病好了就好，还这么俗气啊？我怎么能收你的礼物呀？谁叫我是村长呢！"笑着，推辞了。

"可是，医生叫我继续去上海治疗。"边说边拿出卫生所的病历卡，上面是方医生写的"建议去医院做进一步检查"。

村长没看病历卡说："这伤寒是传染病，是要治好了才放心的。你去几天呢？得十天半个月吧？有事打电话来。"

孙志成没想到村长会如此爽快就答应了。他心里一阵狂喜：我可以回上海啦！嘴上连声地谢着。

"可是你这病不能算是好了，而且发过高烧会没力气的，你一个人回上海恐怕不行吧？"村长担心地问。

"哈哈，我送你回上海吧？"瑞新开心地跳了起来！

"你？"村长瞪了一眼瑞新说，"在医院陪夜睡得像是死猪，还会照顾人吗？"

瑞新愣了一下,奇怪,村长怎么会知道的呢?

"听说郑庄的小施这几天也是要回上海的呢,好像是她外婆快不行了。你俩一起回去倒是可以照顾一下的。"瑞新突然想起来了。

"这也好,路上有个姑娘照应着,也可放心一些的。"村长点着头说,"你路上还是要戴着口罩的。"

有多少*爱*，可以重来

五、心如止水

  人逢喜事精神爽，想着马上就要回上海，回到日思夜想的家人身边了，孙志成虽然是大病初愈，但精神愉悦。人还在牌楼村，心已飞到了大上海。
  要回上海啦！
  小施和孙志成一大早就骑着自行车出发了。正好将从乡政府借来的自行车还了。小施坚决让孙志成坐在后面，孙志成平时看着好像是个老大哥似的，可是在女生面前，却是毫无施展的空间。看着小施费劲地蹬着自行车，摇摇晃晃地颠簸在泥路上，孙志成几次要小施停下车，却被小施以"怎么这样婆婆妈妈"的嗔斥，怼得闭了嘴。
  从陇南乡乘长途汽车到天河县城，然后从县城再换乘长途汽车到扬州码头，乘渡轮过长江到镇江市，再换乘火车到上海。路途虽然又绕又累，小施说，这样，整个路程的全部车费只需三四元钱就够了。
  孙志成熟悉小施，去郑庄给女生宿舍的粪缸做稻草围栏时，她还拿出饼干送给孙志成。来牌楼帮着烧菜、洗衣服，也数小施来得次数最多。
  一天的路途，转乘折腾着，小施一直觉得孙志成是个病人，抢着帮孙志成拿行李。孙志成也拗不过她，只能被照顾

第二章 广阔天地

着了。

小施一直送孙志成到了家门口,才轻轻地说了句:"你还是要去医院检查的。"两人各留了个地址,小施就匆匆地走了。

到家了!孙志成站在再熟悉不过的自家门前,恍如隔世。兴奋、失落、激动、伤感、五味杂陈……

敲开自家的房门,已经是晚上八点多了。妈妈爸爸大吃一惊!"啊呀呀,儿啊!你怎么突然回来了呀!"妈妈端详着孙志成,竟抹着眼泪地笑了:"瘦了,黑了,壮了……"连续地蹦出来好些词语。爸爸站着,听着妈妈唠叨着,却是一句话也没说,默默地接了孙志成手上的行李:"还没吃饭吧?"

"啊,志成饿坏了吧?这么老远的,赶快吃饭呀!"说着,妈妈兴高采烈地赶紧去热饭炒菜了。

"你是累了吧?脸色不怎么好呀?"爸爸看着志成说。

"是有些累,前几天乡卫生所医生说我得了'伤寒',挂了几天滴,所以回上海来,想去医院再检查一下。"孙志成原本是想瞒着的,但想想也瞒不了,还是要去医院再看看的。

"伤寒?这是传染病啊!是会……"爸爸一听就急了,"安徽的医生怎么说?治疗了吗……"

"已经好了,也不传染了。而且医生说,以后都不会再感染伤寒杆菌了,没事了。我只是想家了,就回来了。"孙志成装成很轻松的样子说。

"那明天还是要去医院再检查一下的,要确定是不是好了,这不是小病啊!"爸爸的语气还是带着担忧。

"嗯,我回来是要去医院检查一下的。"孙志成应着,妈妈已经催着吃饭了,问:"你们爷俩在说谁要去医院?"

"没啥,我前几天发烧感冒了,明天再去医院看看,上海的医院总比安徽的强多了。"

"是啊是啊,身体是最重要的。不知道你会回来,菜也没有准备,妈妈明天去买好吃的!"妈妈像是哄小孩似的,内疚地说。

坐在饭桌前,孙志成拿着筷子,鼻子一酸,眼泪就流了下来!

好香,好熟悉的味道……

半年多没吃妈妈烧的菜了!在牌楼村,每天都是白菜豆腐、豆腐白菜……吃了一只鸡,竟然弄得天翻地覆似的,还落下了一个"偷鸡贼"的骂名……

孙志成也真的饿了,狼吞虎咽地把桌子上的菜扫了个精光。妈妈坐在边上,笑眯眯的,一边唠叨着问这问那,一边看着儿子吃饭。大凡都是这样,妈妈总是希望孩子觉得饭菜好吃,都能吃完,是妈妈最开心的事了。

听孙志成说在安徽过得还好,妈妈也就放心了,可是爸爸却是一副疑惑的表情。孙志成也明白,爸爸不相信他说的过得很好的话。

桌上的大饼、油条和豆浆熟悉的香味,诱引着孙志成。

孙志成边吃早餐边想着,上午要到医院去做个检查,下午或者晚上,要去见见同学和朋友。听说金明在一家大宾馆工作,思领在钢厂,老干在什么轮船公司?繁刚去了昆明?星跃?还有……

第二章 广阔天地

　　文雯在哪里上班？还是仍在读书？
　　白天都上班，等他们下了班后，再一起聚聚吧！
　　心情如上海晴朗的天气般。孙志成揣着陇南乡卫生所方医生写的病历纸，骑着爸爸的自行车，先去区中心医院。

　　在挂号窗口，一位中年女护士问孙志成："挂什么科？"
　　"大概是内科吧？"
　　"哪里不舒服？"女护士问。
　　"我在安徽看过了，说可能是伤寒。"孙志成挥了挥手中的病历纸回答。
　　"什么？伤寒？这是传染病呀！"女护士如临大敌般用手捂着本已戴了口罩的嘴，大声惊叫起来，把等在挂号窗口的病人一下都吓跑了。
　　孙志成尴尬极了，有必要这样大惊小怪吗？村长、方医生、瑞新、小施，他们也都知道伤寒是传染病，可他们却是一点都没有嫌弃和害怕呢！
　　"我挂号呀！"孙志成站在挂号窗口外问。
　　"挂啥号，你自己知道是传染病，还来这里挂号！"女护士本就是在窗口里的，还是边叫嚷着，边往里退着，像是要离孙志成越远越好。
　　"那……那我去哪里看病？"孙志成觉得冤得很。这不是莫名其妙吗？我来医院还不能看病了？
　　"瞎搞，去传染病医院呀！来中心医院干吗？"女护士嚷嚷着。
　　"传染病医院在哪里？"孙志成听都没听说过。

105

有多少*爱*，可以重来

"自己看，墙上贴着呢！"说话态度差得要命。

没办法，孙志成转身在墙上找到了一张写着各个医院名字和地址的纸，其中有一个"市传染病防治医院"，地址在江东烟厂路。

孙志成在看着医院地址的时候，感觉身边的人都是如临大敌，避得远远的。

他叹了一大口气，心情很是郁闷。我真的有毒？真的还会传染？方医生不是说我已经不会传染了吗？怎么上海的医生反而会这样惧怕？

从江边码头摆渡到江东，瞬间觉得人烟少了许多。孙志成骑着自行车，一路问一路找，在一条周边都是工厂的小路上找到了"市传染病防治医院"。

与中心医院明显不同的是，这里的医生护士都戴着大口罩，全身都裹着蓝色的防护服，是男是女都看不出来。

"我挂号。"孙志成向挂号窗口说。

"什么病？"

"……"

孙志成想说，又不敢说了。别又像中心医院那样，把挂号的吓着了。他把陇南乡卫生所的病历递了过去。

"我问你看什么病？"挂号的看都不看递上来的病历，又问。

"伤寒，我是在安徽得的病。"

"伤寒？劳保卡呢？"

"什么劳保卡？"

第二章 广阔天地

"你没有劳保卡?你是哪里人?"挂号的问。

"哪里人?上海人呀!"孙志成感觉这个挂号的问得莫名其妙的。

"那你怎么没有劳保卡呢?你没有工作的吗?"

"工作?我去安徽落户了呀!"孙志成理直气壮地说。

"哎哟,外地人呀,那你去外地看病呀,跑来上海看什么病?"挂号的不耐烦地说。

"什么外地人?我是上海人呀!"孙志成听着,火气倒是上来了。

"你是上海人?你有劳保卡吗?你户口是在上海吗?"挂号的嗓门也高了起来。

劳保卡?户口?

"没有户口,没有劳保卡,我就不是上海人了?我从小生在上海,长在上海呢!"孙志成憋屈得很,直着脖子嚷嚷着!

"那当然,哪里的户口哪里的人,就该在哪里看病的呀!"

"那我是从上海去安徽落户的,就不能在上海看病了吗?"孙志成争执道。

在中心医院憋着一肚子火,到了传染病医院又是一肚子气。

挂号室里有个年长的插话说:"小同志,上海的医院是只给上海户口的人看病的。我理解,你是上海人去务农了,那户口就不在上海了,对吗?还有一种方法:你有外地医院开的,到上海医院转院看病的手续或者证明吗?另外,你要去街道和派出所开张'临时户口'证明,才能来医院看病的。"

孙志成明白这个年长的是好意,可是他没有什么转院证明。

"我这张病历上写的'建议去医院做进一步检查'算不算是转院证明呢?"孙志成指了指搁在窗口的病历纸问。

这位年长者拿着病历看了一下说:"哎呀,你得的是伤寒,从发病到现在才第六天呀?要确定治愈后的十五天后,才可以说是不会传染的。你这怎么行啊,还不戴口罩就东跑西跑的?"

孙志成呆呆地站在挂号窗口前,不知所措。

年长者递出来一个纸包说:"先把口罩戴上。"

又问:"你是怎么来医院的?家住哪里?"

"我住在八仙坊,是骑自行车来的。"

"哦,你先写上家庭地址、姓名。然后你去自己家所在的街道办张'临时户口'证明,办好了还是带着这张纸,再来看病检查。

"记住,这段时间不能乘坐公交车,不要与朋友、邻居接触。家里人也尽量不要接触,碗筷分开使用,所有用过的餐具、茶杯什么的,都要用沸水煮沸消毒!"年长的医生说得很认真。

在一张表格上填写了姓名和地址,谢了医生,孙志成一脸茫然地回了家。

孙志成边骑着自行车,边想着刚才医生的嘱咐:不要与朋友接触,不要与家人接触……那我回上海只能是看望一下爸妈?反而给家人带来更多的担心。

第二章 广阔天地

那还能见同学和朋友吗?能见见文雯吗?

回到家已经是下午三点多了,妈妈在忙着做红烧鱼和蹄髈汤,忙得不亦乐乎的,像是过年准备年夜饭似的。看到孙志成回来,她擦着手,兴高采烈地说着晚上的菜是什么,像是要利用儿子在上海这一段时间里,把他喂成个大胖子似的。

孙志成喝了一口水,就跟妈妈说别太忙了,他现在要去街道开个"临时户口",说完就拿着户口本走了。妈妈的声音远远传来:"早点回来啊!"

街道办事处孙志成去过,那是去安徽前,他和妈妈一起去领棉衣、棉帽,可不知道开"临时户口"证明找哪个部门。看到办公室里坐着一位阿姨,和蔼可亲,胖胖的模样,孙志成问:"阿姨你好,我要开临时户口,是找哪位?"

"找我呀,不过是叫报临时户口。谁是户主?谁报临时户口?"胖阿姨纠正了一下问。

"我,我……报临时户口。"

"你是谁呢?"

"我……我叫孙志成,这户口本上的'儿子'就是我。"孙志成翻开户口本,指着说。

胖阿姨把户口本拿了过去,戴上了老花眼镜看了一会儿说:"哦,你是安徽天河的,要在上海住几天?为什么要住在上海?干什么?"

孙志成一时语塞了。"什么啦?我是这家的儿子呀,我是从上海去安徽落户的呀!"

109

"是呀是呀,你是从上海去安徽落户的呀,那你就是安徽人了嘛!"胖阿姨有些生气。

安徽人?孙志成觉得,从来没有人说他是安徽人。在安徽时,安徽人说他是上海人。回到上海了,上海人反而说他是安徽人了?

"呀哟,你年纪轻轻的,哪能拎不清的啦!你户口本上写着户口迁移至安徽省天河县,那你是不是安徽人了啦?"

"哦,哦,那我是要报临时户口嘛,怎么报啦?"孙志成想想,就算我是安徽人吧,别跟她计较了。

"你家户主是谁啦?你爸爸?这是要户主同意才能报的呀。你要叫户主一起来的,户主签字同意了,你才能报临时户口的。如果户主不同意你住在他家,那你就不能报临时户口的。"

"什么叫'住在他家'?这是我家呀!我是这家的儿子呀!"孙志成的火气又上来了。儿子住自己家里,要户主说同意不同意?

"哎呀呀,你怎么搞不清楚的啦!你已经不是这个户口本里的人了呀,那你要报临时户口,不是要这个户口本上的户主同意的吗?"胖阿姨也是脸红脖子粗的,"你和户主一起来,在我这里填好表格,我们街道办事处要批准盖章了,你和户主才能去派出所报临时户口的。你清楚了吗?哎哟!跟侬解释真吃力!"

孙志成越听越糊涂!什么乱七八糟的事?

"不报了!"要不是在街道办事处,真的想砸了这个办公室,孙志成的嗓子在冒火!

第二章 广阔天地

"你可以不报临时户口的呀,外地来的人,没有临时户口的,是不能住在居民家里的。不管是不是你的家,都是不可以的。"胖阿姨也是气嘟嘟地嚷着。

走出街道办事处,孙志成已经是筋疲力尽了。

从发高烧到乡卫生所住院,三天后回牌楼村,第二天就匆忙地赶着回上海,其实身体也是没有恢复过来。更是不知道自己到底有没有得伤寒?还会不会传染?

他骑着自行车,垂头丧气地回家。

到了弄堂口,停好车,摸出支烟点着,坐在弄堂口的石凳上,却是暗自伤心。

我不是上海人?

回上海是要报"临时户口"的?不报就不能待在上海了?

在上海连看病都没有资格?

上海人看病有"劳保卡",而且不要钱。我呢?要付钱,还不让看?

那我来上海,除了看看爸妈,还能干啥?

他垂头丧气地走进家,妈妈大惊小怪地叫:"哎呀!志成你抽烟啦?这么重的烟味啊,吸烟不好的……"

孙志成没去理会妈妈的唠叨,倒在床上,叹息着……妈妈这才发觉是自己话多了,还是儿子不开心了?她连忙不言语了。

晚饭的菜很好,都是孙志成最喜欢吃的,可孙志成却是一点胃口都没有。爸爸看了一眼儿子,边吃边开口:"去医院了吗?怎么样?"

"去了,先要有临时户口证明,才能看病,而临时户口要户主一同去才能报……"孙志成无精打采地说。

"临时……"爸爸也觉得不可思议,叹了口气说,"那我明天请假,陪你一起去办一下。"

"算了,我回安徽去吧。医院、街道的人都说我不是上海人,我待在上海也没啥意思。"

"什么?你昨晚刚回来,就要回安徽了?不行不行!你要在家好好休息一段时间的,你在安徽一定是很苦的……"妈妈边说边擦着眼泪,倒是把孙志成弄得劝也不是,不劝也不是了。

爸爸又叹了口气,说:"还是要去医院检查治疗的,没事了才能回安徽。"

孙志成点了点头,扒了几口饭,放下碗筷说:"我要去看看同学。"

妈妈又急了:"怎么才吃这么一点?菜不好吃吗?看同学过几天也可以的……"

孙志成骑上自行车,却不知道先去谁家。他脚踏着地想着:金明?思领?还是先去看看思领吧,他家是最近的。

敲响思领家的门,开门的就是思领。"啊呀!是'长脚'呀!啥时候回来的?"思领开心地拉着孙志成进了家门。

猛地,孙志成想起传染病医院的医生说的:不要和朋友……他连忙放开了拉着思领的手,退了几步说:"我差点忘了,我感冒了,就不进去了。"

思领觉得孙志成有些怪怪的,感冒有什么关系?但也只能跟出来说:"我刚下班到家,进来一起吃饭呀!"

第二章 广阔天地

"我想去看看金明、老干,还有……你知道文雯现在在哪里吗?"

"金明混得不错,听说在一个大宾馆工作,我也没见过他。老干好像是去南京上大学了。也没见过文雯。每天忙着上班下班的,同学之间已经很少见面了。"思领无奈地说。

孙志成惊讶地想:我在安徽倒是经常想着同学们,毕竟是一起住了三四年了,感情挺深的。他们在上海的,难道就不来往了吗?他心里凉了半截。

"你在上海待多久?我找些同学一起聚聚?"思领邀请着。

"我大概不会多待的,现在去看看金明在不在。"孙志成神情黯然地回答。

"好,我陪你一起去。我也是离开学校后就没见过金明了。"说着,思领就进去换衣服。

思领出来时,孙志成看了一下,他上身换了件"的确良"衬衫,脚上竟换了双皮鞋。

不是没见过皮鞋,是压根就没想到过,这个年龄的上海人,已经穿皮鞋了?看着自己,脚上穿着双洗得发白的解放胶鞋。虽然也是干净的,但差距却很明显。他才离开上海半年,怎么就已经落伍了许多?

"算了,金明家就不去了。"孙志成突然不想再见别人了。

弄得思领木呆着反应不过来。怎么才分别半年多,孙志成就不像原来那样爽快了呢?

孙志成回到家,倒在床上,却是睡不着。

今天一整天,怎么就没有顺心的?离开了上海,户口迁

113

有多少**爱**，可以重来

到安徽了，就是外地人了？就不是上海人了？

想要回上海，是一直想着要见文雯，魂牵梦萦地想！可是，我这样一个外地人，一个到外地落户的农民，一个面朝黄土背朝天，累死累活一年还没有上海年轻人一个月工资多的外地农民，我还有何颜面再去见文雯呢？那我还来上海干啥呢？

第二天早上，爸爸准备陪孙志成一起去报临时户口，或是陪他一起去医院看看，可是他却突然说："爸，妈，临时户口也别去报了，医院也不去了，我明天就回去了。"把爸妈惊得目瞪口呆。

妈妈抹着眼泪："为什么要急着回安徽呀？那个地方多苦多穷呀，你身体也还没恢复呀……"

第二天的下午，妈妈忙着准备些咸肉、炒麦粉什么的，又去弄了烟票，买了两条香烟回来，七七八八地准备着要给孙志成带的吃的、穿的。孙志成却是懒洋洋地睁着眼睛躺在床上，心灰意冷的。

猛听得弄堂里传来敲锣打鼓的声音，竟是在家门外不停地敲打着。

这是怎么了？孙志成拉开房门看了一下，这帮人敲打呼喊得更来劲了，吵得耳朵疼！

爸爸慌乱地跑过来拉孙志成进屋，然后对那些人大声地说："我家志成是来出差的，明天就回去了，你们别叫了！"

那些人才乱哄哄地散去。

"这是什么意思？"孙志成不解。

"唉，是没去落户，或者是去了又回来的……可是我儿

第二章 广阔天地

子才回来两天啊,就这样不依不饶的……"爸爸边说边叹息。

"孙志成,电话!"公用电话亭的阿姨扯着嗓子在楼下叫喊着!

"啊?我的电话?"孙志成猛地从床上跃起,脑子一阵昏眩!

"来了!"孙志成急忙下楼,奔跑着冲向公用电话亭。

一把拿起搁着的话筒:"喂,哪位?"

"孙……我呀,我,文雯……"

孙志成整张脸笑开了花:"文雯呀!我好想好想你呀……"

惹得电话亭的阿姨看着孙志成偷笑。

"你今晚有时间吗?我们在音乐厅门口见个面?"是文雯的声音,可声音却透着伤感,这是怎么了?孙志成的心一下子揪紧了。

"好呀,文雯,你怎么啦?不舒服吗?"

"那我们晚上七点见。"

说完,文雯挂了电话。

孙志成握着电话筒,听着话筒里"嗡嗡"的声音,木呆地站在原地,百思不解。

初秋的夜晚,音乐厅广场,孙志成站在台阶上张望着,心情复杂地猜想:不会是文雯打电话时,她爸妈也在旁边吧?所以文雯说话不方便……

猛地看见,半年多没见的,半年来一直想念着的恋人——文雯,步履蹒跚地走来……

115

孙志成一下抛开了胡思乱想,挥着手大声叫喊着:"文雯……"他跳下台阶,激动地朝着文雯跑去。

"文雯!文……"孙志成伸出双手,情不自禁猛地搂住了文雯。

"不……不要这样……"文雯用力地推开了孙志成,倒退了一步。

孙志成蒙了,这是怎么啦?

两人隔了有一米远,文雯头也没抬,怯懦地开口说:"爸爸在边上看着呢……爸爸坚决不让我俩再处下去了,我也不能每天看着爸爸伤心……我俩就此分手吧……"

"这是你写给我的信,我还给你。你也把你保管的照片撕了吧……你多保重!"说着,她塞给孙志成一叠用橡皮筋捆着的信。

"这是为什么呀?"孙志成手足无措地问。

"这些信我是刚从爸爸手上拿到,其实一封也没有看过。是昨天晚上,我家的邻居,在街道办事处做事的阿姨,跟妈妈说我的一个同学回来了,去报临时户口。我爸这才拿出了这一大沓的信,叫我还给你,说你我再不分手,就……"

文雯突然"哇"的一声,捂着脸大哭了起来!孙志成还没反应过来这是怎么了,文雯已经扭头哭着跑掉了。

孙志成捧着一沓信封,再找文雯,却连影子都不见了。

孙志成木呆着,任初秋的微风吹拂着,没有流泪,没有伤心。他一支接着一支地猛抽着烟,他站立了好长时间后,脑子仍是一片空白……

第二章 广阔天地

孙志成默默地整理着行李袋。

行李袋中有个相框,是去安徽前,孙志成和文雯在照相馆照的,一直陪伴着孙志成。

看着相片上的文雯,微笑着,甜甜的……

孙志成把相片从相框中取了出来。唇,压着相片上文雯的唇,长长的吻……

"你要好好的!你要照顾好自己!祝福你,你一定会幸福……"

泪眼婆娑,心痛如绞……

他万般不舍,却是咬着牙,慢慢地,把照片从中间撕成两半,天各一方。

心如止水……

踏进牌楼村带着霉味的家时,已经是晚上了。孙志成把满屋子的人都惊着了。

"啊呀呀,你怎么回来了?才回家几天呀!"大家叽里呱啦地围着孙志成,想不明白了。

孙志成叹着气,语气冷寂地自嘲着:"我是安徽农民呀,是要回来种地为生的……"

他把带来的香烟、食物,随手分给了大家,把几瓶酱菜、腐乳放在桌上。看见铁锅里还有些剩饭,他盛了一大碗,泡上开水,就着酱菜,稀里哗啦地吃了。

大家都觉得孙志成心情不好,看着孙志成的一举一动,像是变了个人似的,可是谁也不敢多嘴。

吃完,他用手抹了抹嘴,也不说话,孙志成倒头就睡了。

有多少**爱**，可以重来

吓得屋子里的人都惊讶着不敢出声，难道是这家伙回了一趟上海，受了什么刺激？

"志成，你这是怎么了？"阿马、瑞新弱弱地问。

孙志成翻了个身，无精打采地说了句莫名其妙的话："我想明白了，你们也一样，我们是安徽人，是农民，我们已经不是上海人了，就这样活着吧……"

只是，孙志成一直放在炕边上的相框，不见了。

清早，村口的钟声照常响起。

大家跟着村民们一起下地。

太阳下山了，大家才回到草棚似的家里，一起忙着煮饭、烧菜、吃饭。

晚上玩一会儿扑克，洗脚睡觉……

日复一日，年复一年……

第三章 济世传承

第三章 济世传承

一、学医

七二届初中算是毕业了。文雯在1972年11月收到了市中区卫生学校的录取通知。

市中区卫生学校七二年仅招收了中医西医各两个班和一个护理班，属"中专"学制。

从此，文雯开始了中医基础理论、中医诊断学、方剂、内经、温病和针灸推拿按摩的中医课程学习，再加上每天基本课程的"望""闻""问""切"。她每天背诵着经脉穴位，认识着中草药的成分和特征气味。每天嘴都是苦涩的，连舌苔都是发黑的，浑身散发着难闻的中草药味道。

第二学期，又进入了中医外科学、中医内科学、儿科学和骨伤科学的学习阶段。

每天放学回家，吃了晚饭后，爸爸又成了更为严厉的家庭教师。

家里新添了一具人体经脉穴位模型和一具人体器官结构模型。学西药出身的爸爸，竟然比学校里的老师还熟悉人体穴位。

白天在学校学过的基础课程，文雯都要认真地复述一遍，这时的爸爸会像个学生一样，非常认真地听着，时不时还会记录几笔。

有多少*爱*，可以重来

复述完，爸爸妈妈都伸出手，让文雯切脉，听文雯解说脉象。

然后，爸爸总是会找些今天有什么不舒服的理由，要文雯针灸治疗。文雯经常会将爸爸扎得酸麻地跳起来，可爸爸还是说："好，好，对了……"

爸爸再出题，说妈妈的肩酸颈椎痛什么的，然后文雯再在妈妈身上试验。

爸爸每次都是兴高采烈地"享受"着女儿的针灸推拿，并告诉女儿"患者"的感受。文雯明白，爸爸皮肤上斑斑点点的出血点，是爸爸一颗忍着疼痛的爱心。

妈妈每次担忧着，无奈地忍受着女儿的"针灸"带来的痛苦，却还是带着浓甜的自傲。

自从那晚在音乐厅广场与孙志成说了分手，文雯就像是变了个人似的，平时自信开朗的女孩子，一下子变得少言寡语了。学习生活也确实是忙，更是无暇顾及原先的同学和闺密。

在学校，文雯深得老师和同学们的喜爱，她担任着医士班的班长，还担任着团支部书记。

两年很快就毕业了。卫生学校将文雯安排进了市中区中心医院儿科，任儿科按摩大夫。

中心医院已经有很多年没有新的医生护士加入了，留在医院里都是些老医生、老护士了，"断层"情况严重。文雯他们是从卫校毕业被分配到医院的"新鲜血液"，是年轻的大夫。

第三章 济世传承

一直留着两根小辫子的文雯，从进入医院这天起就剪成了短发，看着好像是成熟了些。

小儿按摩法是在中医学整体观念的基础上，以阴阳五行、脏腑经络等学说为理论指导，运用多种手法刺激穴位，来达到治病及保健目的的治疗法。

文雯白净靓丽，说话又和气耐心。孩子顽皮，文雯边揉按边哄着孩子。哭闹的孩子，到了文医生的手上就乖乖地不闹了。文雯还没来多久，就深得儿童和家长的喜爱，也深得科室老医生和院领导的喜爱。

区卫生局汪局长来过几次中心医院，在院长的陪同下，也多次察看了各科室、病房。病人家属对儿科小文医生给予了极多的表扬，使黄院长对文雯颇为赞赏，也使汪局长对文雯增加了关注。

几个领导一商量，都觉得小文医生可以提拔培养。

1976年7月，工作不足两年的文雯，被市中区卫生局送去了位于崇明县的"市卫生局五七干校"学习。

后来，五七干校突然解散了。文雯就这样莫名的，才去了干校半年，在1977年初，又回到了中心医院。

医院，是知识分子扎堆的地方。

在中心医院工作的文雯，边出诊边学习，虽然有老医生的指导帮助，仍觉得自己知识贫乏。

区卫生局和院领导对于小文医生从五七干校回来，总是觉得内疚，院长把文雯叫到了办公室，汪局长竟然也在。汪局长微笑着说："小文呀，我们和黄院长一起讨论了，对你有两个安排。一是调任卫生局办公室工作；另一个想法是，我们有一个去中医学院的名额，你也可以考虑继续深造。毕竟学历文凭很重要，增加自己的知识更重要。你看看，你是去局里工作呢？还是去上大学？"

黄院长看了一眼汪局长，接着说："可是，上大学是没有工资的。而且今年开始，是要考试入学的。"

文雯非常激动，一下子从椅子上蹦了起来，能去局机关工作？或者是上大学？这两项都是她向往的理想选择呀！可该选哪项……文雯脸涨得通红，竟说不上来选哪项了。

黄院长看着小文医生，笑了，和蔼地说："不急着决定，你可以与爸爸妈妈商量一下再告诉我的。"

黄院长接着说："我的建议是去卫生局，编制转正后，还可能是公务员，这是可以一步到位的安排呀。去上大学固然是好，不过四年后毕业，最好的安排也不过是进医院嘛。"

文雯六神无主地点着头，更是决定不了了。

文雯匆忙下班回家，爸爸已经到家了。文雯包都没放下，就兴奋地将汪局长和黄院长和她谈话的内容一五一十地向爸妈做了汇报，最后问爸爸："我应该怎么选择呢？"

爸爸妈妈被女儿兴高采烈的述说重重地感染了，全家都如刚收到市中区卫校的录取通知书时那么高兴。

爸爸的脸上满是笑容："文雯，你先把包放下嘛，别急呀！"文雯这才发现自己下班路上走得急了，现在是口干舌燥的，她抓过一杯冷水，一口气喝干了。

爸爸叫文雯坐下，喝了口茶，慢条斯理地说："你应该是在医院的表现不错，才获得了领导们的器重，爸爸打心眼里高兴。现在是去卫生局工作,还是去上大学,爸爸的意见是,去上大学。

"你现在仅是中专学历,就是去了卫生局,去了机关,学历低了也是不行的,今后是知识的年代,也一定会是各行各业蓬勃发展的年代,没有知识是跟不上时代节奏的。"

"可是,上大学的费用很高呀,又没有工资收入。"文雯插话。她心里担忧,别人家的爸爸妈妈都上班,是"双职工",而她家只有爸爸一个人上班,只有一份工资。

"这不是问题,这些费用家里可以支出,你不用操心的。"爸爸并没多想地说。

"那……那,去上大学?"文雯弱弱地问,实则却是激动溢于言表,渴求知识的心再次飞翔。

1977年的夏天,有着中专学历和知识基础的文雯通过了自学和统一考试,又重新背上书包,在中心医院和区卫生局敲锣打鼓的欢送下进入了中医学院,踏入了高等学府,在医学领域里继续深造。

在浩瀚的中医中药的知识海洋中,文雯尽情地汲取着千年传承的中医养分,充填着自己。

在大学期间,文雯又兼任了团支部书记和校学生会委员。

不多言语,动静相宜,带着甜甜微笑的文雯,一直深受着老师和同学们的喜爱。

临近毕业,学校和班上经常有各大医院的人来旁听学生上课,和学生一起参加活动,学生们也没去留意他们是干什

有多少*爱*，可以重来

么的。

　　1981年的夏季来临时，这一届的大学生就毕业了。各班级召开了毕业生工作分配会议，这是一个决定着每个学生工作去向的会议。但奇怪的是，今年创新的毕业分配方法，是已经握在老师手上的录取通知书。这是毕业前各医院招聘人员在学校参与了学生的上课和活动后，医院招聘人员对学生的评分，已经签发的录取通知书。

　　班上的同学，有收到一份录取通知书的，有收到两三份的。夸张的是，文雯一人竟收到了五份录取通知书，而且是上海市前五大医院的录取通知书。同学们羡慕着，老师祝贺着，文雯也是异常兴奋和开心。

　　可是这五份录取通知书中，并没有市中区中心医院的。老师解释说："区中心医院排位太靠后了，这届毕业招生中，排不上号。"

　　这就很尴尬了。文雯心里七上八下的，拿不定主意了。她是市中区中心医院的大学名额，毕业了竟回不了区中心医院，不能报答黄院长和汪局长的恩情，这难住了文雯。

　　捧着这五份印刷精美的录取通知书，爸爸也是喜悦中带着更多的无奈。录取通知书中，有上海市医院中排位第一的协瑞医院，有排位前几名的华济医院，市一医院……其实都比区中心医院好上数倍，都是医学生做梦都想去工作的殿堂级的著名医院。

　　爸爸拿不定主意，对文雯说："你还是去征求一下黄院长的意见，他如果仍希望你留在中心医院，那就留在中心医

第三章 济世传承

院，人是要懂得感恩的。"

包里放着五份录取通知书，文雯推开了黄院长办公室的门。

"哟，我们的大学生终于想起来看看我这老头子啦！"黄院长摘下老花眼镜，从椅子上站起来，"是毕业了对吧？去协瑞医院报到了吗？"边说着，边去泡茶。

文雯惊讶地看着黄院长，竟然哑口无言了，院长知道她的毕业去向？还知道是协瑞医院？

"坐呀，小文医生。"黄院长边把泡好的茶放在茶几上，边说，"中医学院已经通知我们啦，还附着一纸盖着市卫生局章的调令单和协瑞医院的录取通知书副本，我有啥办法。"

"可是我爸爸……爸爸说我这样不好，区卫生局、中心医院培养我，给了我上大学的机会，毕业了，我却……"文雯怯懦地、心情复杂地说。

"哎哟，这没啥的呀，别说你大学刚毕业，重新分配工作。换了我这老头子，如果叫我去协瑞医院，我跑得比兔子还快呢，哈哈！人往高处走啊，协瑞医院怎么样也比我这小医院强十倍百倍的呀。更何况十年没有大学毕业生了，各个医院也都是医生断层得厉害，他们当然是非常需要应届毕业医生充实医疗队伍的。当然，我的小医院也缺人，缺人才，可是我抢不过他们这些市级大医院的。但不管怎样，你应该去更好的医院，去工作，去发展的。"黄院长不但没有一句责怪，更是安慰着文雯，这让文雯好受了许多，不安的心也算是寻到了安抚。

127

"那……您的意见是去协瑞医院？黄院长，您看是协瑞最合适吗？"文雯边说边从包里拿出五份医院的录取通知书，放在黄院长的办公桌上。

"哎呀，你被五个医院同时录取啦？小文你一定是在大学的表现都很好的。"黄院长边看着各个医院的录取通知书，边赞叹不已，"最好的五家医院都录取你啦，我也骄傲啊！"

"小文，按我老头子的看法，我建议你去最好的医院——协瑞，市卫生局也发出通知了。如果你决定了，我可以问一下协瑞，你会被安排在什么科室。不过协瑞医院有个缺点，就是远了些，在奉城的淀洋湖畔。不过上下班是有班车的，也有很不错的宿舍。"

"我听院长的。"文雯像个乖乖女，看着黄院长说。

"哦，那好，我现在就试试，打个电话问问他们的院长。"黄院长边说边拨了电话。

"哈哈，孟院长啊？我老黄啊，你把我的徒弟挖过去啦……是啊，中医学院刚毕业的，叫文雯的女生……是啊是啊……已安排了……中医骨伤科？是我的徒弟啊，你多关照啊……"

院长挂了电话，转身对文雯说："大概是安排在中医骨伤科，这还是比较适合你，可以学以致用的。"

"好的呀，骨伤科是我在大学的主要学科呢！"文雯高兴地谢着黄院长。

"我待会儿去卫生局看望汪局长，也要去赔个不是的。"文雯起身说，"院长，谢谢您！我会经常来看望您的，您自己要多保重，不能太累了，也别忘了高血压要吃药啊。"

第三章 济世传承

"哎呀,我好好的,你放心好了。不过,汪局那里你不用去了,他已调到区政府当区长了,高升了!我遇上他时,会告诉他的。"

"啊?汪局当上我们市中区区长啦?这倒是要祝贺的呢!"文雯高兴地说。

"没事,你去了协瑞后,有什么问题,有什么拿捏不准的,可以随时打我电话的。孟院长和我是同班同学,挺熟悉的。好好学,好好做,仁心仁术是医生的品德啊!"黄院长语重心长地说着,却惹得文雯眼泪盈眶,她感激地与院长道别。

有多少*爱*，可以重来

二、师承名医

协瑞医院坐落在奉城淀洋湖畔，是家有着百年历史的老医院，有三条公交专线从市区通往医院。经过不断扩建，协瑞医院占地十五公顷，是上海市所有医院中规模最大，医疗设施最齐全、最先进，学科最完备的综合性医院。

医院紧邻着淀洋湖，后靠着宝塔山，犹如山水花园一般秀丽静谧。

文雯倚栏眺望着水波浩瀚的淀洋湖，光照在波纹细碎的湖面上，像给水面铺上了一层闪闪发亮的碎银，又像被揉皱了的绿缎。

湖面上穿梭着又细又长的赛艇，英姿飒爽的女划手的双桨在湖面起落，划出的条条白浪犹如蜻蜓双翼戏水，搅得湖面闪烁着刺眼的银光。

远处，戴着流线型头盔，躬身紧贴着自行车的赛车手，你追我赶地穿梭在环湖公路上。

宝塔山上若隐若现的越野自行车，在崎岖不平的山道上跳跃闪现着。

从报到那天起，文雯就爱上了这山清水秀、美若仙境的协瑞医院了。

第三章 济世传承

经过了半个月的培训，中医门诊的骨伤科多了一位年轻、白净、甜美的新大夫：文雯医师。

协瑞医院的中医骨伤科是由上海市著名的骨伤科石氏传承弟子主持建设的。经孟院长安排，文雯拜在石教授的门下，师承石氏，坐诊行医。这让骨伤科的其他医生羡慕不已。

上下班的路程虽然很远，但医院有大客车接送医护人员。错过班车时间，还有公交专线车，也可以住在医院宿舍，其实也很方便的。

爸爸对文雯的新职业和医院，一直是称赞不已，特别是对女儿师承石氏简直是羡慕、嫉妒。听爸爸说，他刚来上海工作没多久时，不习惯这石库门房子的楼梯又窄又陡，不小心滑了下去，结果小腿骨骨折。那时候就是去了在新城隍庙对面的石氏骨伤科私人诊所。西医骨伤科的大夫说是要开刀手术，但石氏的大夫仅用手在小腿按捏了几下，敷了中药，上了夹板，一个月就能走路了。可见不少医疗病例，老祖宗的中医中药其实是很神奇的。

妈妈却是欣喜中带着唠叨："文雯啊，你今年已经二十七岁了，大学也毕业了，又有了理想的新工作，怎么也不见带个男朋友回来呢？"

男朋友？每每妈妈一唠叨，文雯的脑海里就蹦出了孙志成的身影，他还好吗？

妈妈像是知道文雯在想什么似的，继续说："你也别老是想着孙志成，我听说他已经结婚了，女方是安徽的，安徽人和安徽人，这才是合适的嘛！"

"结婚了？"文雯大吃一惊！

"是啊，好像已经有半年多了，春节时结婚的。"

文雯突然像被霜打似的焉了，沉默了许久……

"他结婚了？"文雯自言自语着，泪水顺着脸颊滑落。

多少个夜晚，文雯默念着孙志成的名字，回想起两人牵着手，一起玩，一起疯，一起在影院，一起上学放学……

可是，那一晚，在音乐厅广场，文雯将一沓信塞给孙志成，和他说了分手……

在大学校园，多少个男生向这位白净、活泼的校学生会美女委员示好。

进入协瑞医院后，院团委的几个帅哥医师，也是围着文医师，也偷偷地送着小礼品，文雯总是微笑着谢绝。

可挥之不去的却总是孙志成的身影，抹不去的是初恋的甜美。

可是从那一天起，文雯的人生被改写了。

文雯去医院的员工食堂吃饭，猛地看见一个高个子的背影，正在水槽边洗碗。

"志成！"文雯脱口而出。

跑到高个子的前面，这才发现，这个像极了孙志成的"长脚"不是志成。文雯一下子尴尬地杵在了他的面前。

高个子微笑着甩了甩手上的水珠，很绅士地问："你刚才是在叫我吗？我姓马，马志东。"

文雯羞得满脸通红，忙连声道歉："对不起，对不起！是我认错人了。"说完就转身飞快地溜了。背后传来了马志

第三章 济世传承

东的一阵笑声。

文雯这才知道，紧挨着医院的是上海市自行车队和赛艇队的训练基地。基地没有食堂，他们不外出比赛时，是在医院食堂吃饭的。

几天后，下午门诊快要结束时，来了几个汗流浃背的自行车运动员，他们搀扶着一个高个子，高个子跛着脚，听说是赛车训练时摔了，文雯认出了高个子，正是马志东。

文雯不由得多看了这个叫马志东的几眼，咋长得这么像孙志成呢？

文雯把马志东受伤的脚搁在半凹圆形的搁脚凳上，解开了他运动鞋的鞋带，脱鞋的时候，这家伙竟痛到"哇哇"大叫！文雯笑着看了他一眼，心想着，这么个大个子，这么怕疼呀！不过脚后跟的确肿得厉害，只能用剪刀把鞋给剪了。

边上几个队友叫唤着："啊呀，队长啊，好几百一双的鞋呢，这就剪了呀？"马志东痛得直冒汗，瞪了这几个家伙一眼："不把鞋剪了，那把脚剪下来啊？"几个家伙伸了伸舌头，不言语了。

又黄又脏的白色运动袜子，湿淋淋的汗水散发着一股脚臭味，真的是呛到了文雯。文雯向后靠了靠，屏着呼吸，硬是把这个臭袜子也给剪开了。

马志东这才闻到了一股袜子的酸臭味，突然觉得不好意思了。他转身对着他的队友吼："你们这两个家伙不能帮着脱一下啊！"

133

有多少爱，可以重来

"你这是从来不洗袜子的吧？"文雯说得很轻，但带着调皮，自己也笑了。

"哪……哪里啦……是我们一天训练下来，汗水浸泡着，才……发臭了嘛……"马志东这个大高个子，说话竟结巴着，不好意思了。

文雯说了声："忍着点……"双手用力按捏着马志东的脚跟部位，疼得马志东脸也扭曲了！

"这是脚后跟受到剧烈的撞击后，造成了脚跟骨周围肌肉韧带的挫伤。"文雯平静地说，"需要夹板固定，每隔三天来换一次，换四次就可以消肿痊愈了。这期间脚不能落地，更不能行走。"文雯从医药柜里拿出定型夹板和纱布，在马志东的脚跟部位涂抹了石氏药膏后，动作熟练轻柔地绑上了绷带。可这脚上的酸臭味，全沾在了文雯的手上。

"什么什么？不要拍X光看一下？骨头没碎裂吗？你确定十天半个月一定会好吗？也不需要吃消炎药、止痛药什么的吗？"马志东完全是一副不信任这个小医生的语气，"还有一个月我要参加比赛的呀，如果还没好可就麻烦了。"

不过，虽然文雯戴着口罩，但白静甜美的脸颊，夹着甜糯的上海话，马志东看着听着，还是如痴如醉。

文雯头也没抬，扎紧纱布绷带，说："嗯，你放心，不需要X光检查什么的，也不需要吃药的。只要你保证这十天内脚不落地，隔三天来换一次夹板绷带，十天内就会好的。"

马志东第二次来换夹板绷带时，脚就已经消肿了。

春节刚过，因科室开完会后已经很晚了，文雯没有回家，

第三章 济世传承

就住在了医院宿舍。

救护车急促的鸣笛声,划破了医院静谧的夜晚。

急诊室打电话到宿舍,说是有运动员受伤,急着催促骨伤科医生会诊。

文雯赶到急诊室,吃了一惊,躺在担架床上的竟是马志东。

只见马志东脸色苍白,浑身都是划伤和血痕,痛得直冒冷汗。

急诊科主任已经检查了病人的伤势,认定其他部位基本上都是外表划擦伤,但左腿膝盖已是明显的肿胀积水,可能是血水。

文雯撕开了马志东已经摔破了的裤子,检查着他的左膝盖,手按上去时已有明显的膝盖骨碎裂的触感。

文雯询问了和他一同来的,身上也有伤痕血迹的队友,队友沮丧地告诉文雯,他们是在浙江省余明山参加全国自行车越野赛,在骑行途中,偏巧遇上山体滑坡,三个队员一起滚落到山崖下。他和另外一名队员只是擦破了些皮,但马志东却是动弹不得了,等到他们背他下山,马志东已经昏迷不醒了。还好,在救护车回上海的路上,马志东又醒了。

"既然是救护车,应该是懂得基本护理的,怎么连夹板固定都没做呢?从余明山到这里,也要四五个小时吧?这一路颠簸,不是更散架了,真是的!"文雯嗔怪着。

"我们跑了六个多小时了。还好马队长醒过来了,我怕得要死!"队友仍是心有余悸的。

文雯请了急诊室的护士为这位队员做伤口清理消毒,又做了伤口包敷后,说:"你很累了,回去休息吧。马队长估计是粉碎性骨裂，可能还有严重错位，但你放心好了。你自己也要注意伤口干燥和清洁，明天下午再来检查。"

两名护士清理马志东全身的伤口，脱去了他的运动服，给他换上病房服。

文雯清理着马志东膝盖周围的伤口和淤肿，敷上抗炎消肿药，再用夹板绷带固定好，把他推入CT室检查膝盖骨碎损的状况。

安排妥当，文雯打电话请示了石教授。石教授很满意她的处置，说是需要先消肿后才能进一步治疗，明天上午会诊后再决定。

CT检查的结论，与文雯诊断的一致，是粉碎性全错位骨裂，一个膝盖骨竟碎成了大小不同的二十一块，而且已经严重错位。文雯明白，这种程度的骨折，一般都是要换人造不锈钢膝盖骨的。

把病人送进骨伤科住院部，全部安顿妥当，文雯看看时间，已是凌晨两点了。

文雯回到宿舍，洗了几遍手。她的肚子开始咕咕叫。这个时间，医院的食堂早就没人了。文雯找了包方便面，用开水泡了。

她突然想起，这个马志东从浙江回来，应该是晚饭都没吃过吧？

她从柜子里找出些饼干，又带了个妈妈塞在她包里的苹果，连同搪瓷碗里的方便面，全部放进一个袋子里，又带着个杯子和暖水瓶，去了病房。

膝盖疼得厉害，马志东并没有睡着，见文雯拿着吃的喝的来，他心中感激，硬撑着要坐起来，却是痛到冒汗。

文雯笑了笑："你还算是命大，山体滑坡是很危险的，你们自行车比赛怎么会找这种赛地呢？比赛前不考察一下的吗？"

马志东"扑哧"一声笑了："文医生的话，怎么跟我妈的话这么像呀？我妈刚才在电话里也是这么说的。"

"还笑，这多危险啊，还贫嘴！先吃点东西吧，食堂要到六点钟才开饭呢。"说完，文雯到底没憋住，也是"扑哧"一声，笑了出来。

马志东看着这些面条、饼干什么的，明白这是文医生自己开的小灶。"真的是饿惨了，谢谢小文医生啊！"一顿狼吞虎咽，面条、饼干、苹果，转瞬间就被马志东扫空了。

"文医生，我这膝盖能保住吗？"马志东焦急地问，"我们车队的前任老队长，也是膝盖骨碎了，换了不锈钢的，可是……就不能赛车了……"马志东担心地问。

"小马，你的心情我理解，现在是先要消肿，一会儿我们会讨论你的手术方案……大概是换人造膝盖，你这膝盖骨碎损得太厉害了。你先休息吧，待上午会诊后再决定，也有可能是边手术边定方案的……"

是换不锈钢人造膝盖骨，还是保守疗法，待膝盖骨自己慢慢长好？关于这个问题，骨伤科的专家们商议后，都决定是换人造膝盖骨。在决定方案的过程中，文雯其实是还没有资格决定手术方案的，可在会议最后，文雯还是怯懦地提出了自己的想法，建议采用保守疗法，尽可能让原有的膝盖骨长好的方案。

有多少*爱*，可以重来

　　石教授毕竟是中医世家出身，在认真听取了文雯的方案后，沉思良久，最终同意了文雯的意见，采用了保守疗法的方案。石教授也明白，如果换了人工膝盖，一是病人的赛车生涯从此就结束了，二是可能会有术后行走障碍。

　　像是拼破碎的古瓷片，在石教授的指导下，手术进行了三个多小时，文雯硬是极细心地将马志东粉碎性的二十一块膝盖骨拼装固定住了。

　　毕竟是运动员的体质，加上术后文雯的针灸护理，马志东的恢复状况很好，躺了一个多月，就能下床了。

　　伤愈后，马志东庆幸自己没留下明显的后遗症，也听说了文雯力争保守治疗，亲自参与手术，承担着手术可能会失败的责任风险，才使自己的膝盖骨得以保住，才有了这没有后遗症的良好结果。

　　出院那天，马志东特意叫队友买了一大捧鲜花，去医师办公室看望文医生，他心中对文医生的感激之情，一如再造之恩。

　　马志东在住院期间吃惊地了解到，文医生竟是单身。

　　他听说，单是在协瑞医院就有好几个年轻医师送鲜花、献殷勤的，文医生怎么都不接受呢？

　　白净甜美，待人处事和气可亲，这是马志东脑海中典型的女朋友形象，是贤妻良母的楷模呀！文医生这是在等我吗？马志东得意地想。

　　文雯发觉，马志东在医院食堂吃饭的次数多了。吃饭时，马志东偏偏要坐在文雯这一桌，或许是有意在等文雯一起吃饭。下班时,马志东执着地等着文雯一起回家,尽管他们并不顺道。

文雯在与马志东的交往中,也逐渐了解了他的为人。最让她觉得特别的是,两人一起散步时,高瘦的小马站在她旁边,总是让她联想到孙志成,差不多的身高,差不多的体型,连说话做事也是如此之像。文雯想着,经常会"扑哧"一声笑出来,那个叫"志成",这个叫"志东",巧合吗?

坚守着不再谈恋爱的自我承诺,连文雯自己也不知道,和孙志成分手快十年了,坚持没有接纳过第二个男生,这是仍在等待着孙志成回来,还是在与爸爸赌气?

和马志东朝夕相处着,说不出从哪一天开始,平平淡淡的,一对情侣的手,牵在了一起。

马志东的爸爸妈妈都是东北人,是解放大上海的功臣、老干部。见到儿媳妇文雯那天,从进门开始,马志东的妈妈就拉着文雯的手,嘴上一个劲儿地说着:"好,好……"喜欢到不愿放手。

可当马志东拎着大包小包去文雯家,拜见准岳父岳母时,却把文雯的妈妈惊呆了,这不会是孙志成吧?怎么这两人长得如此像啊!

打心底里说,文雯的爸爸并不喜欢女婿是搞体育的,女儿为啥不找个做医生的老公呢?他应酬着,心里却是不怎么舒适。可是女儿快三十了,不嫁不婚总是不对的,她妈也老是嘀咕着这事。好在听女儿说过,这毛脚女婿的家人还是不错的,只要他俩好,也只能随女儿了。

有多少*爱*，可以重来

三、孩子患了"渐冻症"

1984年10月，文雯和马志东结婚了。

婚后，文雯住进了马志东的家。马志东的爸爸是局级干部，住房也极宽裕，他的爸爸妈妈对文雯也是喜爱有加。小夫妻俩一起上班，一同回家，甜蜜恩爱。

婚后第二年的春天，文雯怀孕了。

婆婆每天喜上眉梢，忙着做些儿媳妇爱吃的、营养的菜，装在保温壶里，叫马志东送去医院。惹得医师办公室里羡慕声一片。

十月怀胎，文雯生了个大胖小子。全家人喜气洋洋的，爷爷奶奶和外公外婆，每天围着小宝贝，转轴似的忙碌着。

孩子取名马超，胖乎乎的，白净可爱。可是，两三个月后，当过儿科医生的文雯却发觉，小超儿吸奶时明显无力，睡觉的时间过多，醒着也是不吵不闹的。文雯渐渐发现，小超儿的动作明显迟钝，握着自己的小手明显无力……是缺钙？

突然，一个可怕的念头冒了出来，竟是惊出了她一身冷汗……

没有与公婆说自己的想法，文雯抱着小超儿，匆匆去了儿科医院。

第三章 济世传承

儿科医院的几位医师是文雯医学院的同学，在反复检查了马超的情况后，主任医师沮丧地告诉文雯："你猜测的情况可能是对的，孩子不是缺钙，有可能是患上了'渐冻症'！"

"渐冻症"，医学上称为"运动神经元病"。运动神经元病是一组不明原因的，累及上下运动神经元的神经系统变性疾病。临床特点是以逐渐扩散的肢体无力为主要临床表现，同时会出现脑瘫，最后发展到咽喉肌和呼吸肌的麻痹。除了出现肌力减退之外，还可能出现肌肉萎缩，肌束的震颤。目前尚无有效的治疗方法。

如晴天霹雳！文雯一下跌坐在椅子上！天啊！几万分之一的病例啊，怎么会落到我儿子身上？她捂嘴失声痛哭……

医生无奈地劝文雯："现在只是初步判断，对'渐冻症'，目前还没有确切的物理或化学的判定手段，要看病症发展的情况。我们可以庆幸的是，从目前孩子的眼睛状况看，对事物的反应是敏感的，手指的反应还算是正常的，这至少说明，孩子的脑子是正常的，是有思维的，只是肌体无力。较好的治疗方法也只是理疗和按摩，文雯你本就是儿科按摩医师，这对孩子的肌体恢复会有些帮助。"

如有一缕缕的阳光照在了小超儿的身上一般，一股缥缈的信念支撑着文雯站了起来！是啊，我不能放弃对小超儿的治疗，更何况我是学习小儿针灸推拿按摩的医生。

"你们能否真实地告诉我，小超儿有好转的可能吗？"

几位医师面面相觑良久，才吞吞吐吐地说："要看孩子的病情发展，如果不发展成脑瘫，那就没有智力障碍，就能吃能说，但不会站立，好像已经是这病最好的结果了。"

"不会吧……"文雯还是忍不住地问，话出了口又咽了回去。

主治医师长长地叹了口气，明白文雯要问的是什么。他默默地看着文雯，还是吞吞吐吐地说了："你随时要有思想准备，我们医院的病例档案中，渐冻症病人一旦形成脑瘫，生存期一般是不超过三年的。"

"渐冻症就一定会脑瘫吗？"文雯仍是不放弃地、弱弱地问。

"从以往病例来看，渐冻症大都是会发展成脑瘫的……"主治医师无奈地说。

文雯的心在颤抖！在滴血！她紧紧地抱着小超儿，不知道是怎样到家的。

奶奶看着文雯抱着超儿跌跌撞撞地进了家门，眼睛红肿着，吓了一跳，赶紧接过睡着了的小孙子，问文雯这是怎么了？

文雯摇头，努力装着没事，却一屁股跌坐在椅子上，趴在桌子上，失声大哭了起来！

如天塌！如地崩！超儿的奶奶听着儿媳妇诉说，浑身颤抖着，把超儿抱得更紧，不停说着："不会的！我孙儿不会的……"却是早已老泪纵横了。

马志东和爸爸下班，前后脚进的家门，发觉家里的气氛异常不对。两人站着呆了许久，马志东憋不住问："妈，你们这是怎么了？"在马志东心里，文雯性格很好，自从结婚

第三章 济世传承

后，与婆婆一直是亲如母女，从没有发生不愉快的事情。这一问，却见妈妈和文雯几乎是同时泣不成声了！

文雯抽泣着，将自己的感觉和去儿科医院就诊的情况，一边哭一边又说了一遍……

如晴天霹雳！马志东闷了！爷爷木呆着，摇摇晃晃地，一把扶住墙，从没有过的泪滴落在脸颊。爷儿俩心里清楚，文雯是医生，医生所说的孩子情况，何况是自己孩子的情况，一定是确诊了的。

文雯叹了口气说："我又请教了大学老师，我们中医学院的老院长和协瑞医院的孟院长，说的情况与儿科医院的医师相同。现在唯一的治疗手段是理疗，是针灸推拿，这样或许能使超儿的肌体肌力增强些。我上大学前是儿科推拿师，我想，我可能会放弃工作，全身心地投入超儿的治疗，期望能有效果。"

马志东脸色发灰，浑身一直在颤抖着，猛地吐出了一串话："为啥会得这病？会是遗传吗？超儿会死吗……"话音未落，只听一声"啪"的耳光声！爷爷竟是怒不可遏地给了马志东一巴掌！"你才会死呢！什么混账话！"扇得马志东直哆嗦，好在超儿的奶奶一把拉开了马志东。

平日里，爷爷一下班进家门，第一件事就是抱起小超儿，不管胡子拉碴的，不管满嘴的烟臭味还是酒臭味，就要亲小孙儿肥嘟嘟的小脸蛋。尽管奶奶在边上责怪着："不洗手，不洗脸，不可以抱的呀……"可爷爷还是乐此不疲。

爷爷总是得意地抱着孙子说："我们这代人，从东北打到上海，枪林弹雨的，不就是为了下一代能过上好日子吗？

143

有多少*爱*，可以重来

哈哈！"

可是，怎么白白胖胖的乖孙子，会得了这种从没听到过的怪病呢？他伤心难过，看着摇篮里睡着的小超儿，心如刀绞！

是啊，马志东问的"为啥会得这病？会是遗传吗"也不无道理呀？难道……爷爷心里默默地想着。

第二天，外公外婆照例来看外孙，见文雯没去上班，正在与婆婆一起，忙着将一个小长桌包裹着棉垫被，正在改成推拿床，吃了一惊。

文雯见到妈妈，一下子泪崩，抱着妈妈失声痛哭！

当外公外婆听明白了文雯所说的小外孙的病情，也是惊呆了。妈妈抱着文雯，掩面痛哭！

"文雯啊，你的命为啥这么苦啊……"

文雯的心静了下来，清楚自己要面对的超儿的病症，不是半年一年能见效的，必须是要全身心照顾、全身心护理，才有可能见效。与马志东商量过，文雯便写了封辞职报告，呈交给协瑞医院的人事部。

孟院长听了文雯的述说，也是叹息了许久说："文医师，我建议你不要辞职，孩子的病症不是短时期内能康复的，这也需要花不少钱的。孩子平时有马志东的妈妈帮着一起照顾着，你可以每天来上半天班。病人也需要你。这样你会辛苦不少，但至少能兼顾多方面。"

文雯听着，感激不尽，深深地谢了孟院长。

孙子是爷爷的心肝宝贝。爷爷问询了几家部队医院的老

第三章 济世传承

战友院长,得到的回答也都与文雯说的相差无几:按摩和针灸是延缓病症的唯一方法,但治愈的可能极小。而军人的说法更是直接:"随时有去世的风险。"

"我可爱的孙子,怎么会这样啊?"爷爷揪心地问。

"就现在的医学而言,对这个病症还不是很了解,何况是病症原因了……有一种说法,就是把这病推给了遗传,但至少目前来说,我们还不能确定就是遗传引发的病例。"院长肯定地说。

回到局长办公室,心情沮丧的爷爷叫来了机要处处长,长长地叹息着,把孙儿的情况说了,又向部下说了自己的疑惑。

机要处老刘处长明白了马局长的心思,说:"马局,我可以查一下您儿媳妇文雯的家庭情况,这不难,看看家属中是否有得过怪病的。"

"这不要影响你们正常工作,也不要大动干戈。其实,查与不查,并不会对我的超超的病症有任何帮助,我只是想知道,到底是什么原因造成的?"马局伤感地说道。

从这天起,文雯每天早上将小超儿抱到按摩床上,轻重适度地按摩着他的手指、手臂、腿部和背部肌肉,再施以针灸。婆婆也是前后忙碌着做着助手。一个小时的按摩后,奶奶抱着孙子睡下了,文雯再匆匆地搭公交专线去医院上班。晚上回到家,也是在半个小时的按摩后,才歇口气,吃晚饭。好在家务事都有婆婆顶着,文雯的任务就是为超儿做理疗。

有多少*爱*，可以重来

全家人每天都在期待着，在文雯的治疗下，应该会有奇迹出现。

可是文雯每天都是精疲力竭的，满脑子都是超儿的病怎样才能得以有效治疗。以至于她吃饭不香，睡觉不眠，极速地消瘦下来。孟院长看着文雯劳累过度的模样，也没有过多的安慰语言，只是悄悄地叫文雯到办公室说："你这样下去，儿子的病没治好，自己的身体先垮了。我想这样，中药学院最近在筹备开设中医硕士课程，就是定向招收大学学历的在职医生，学制一年。中医学院在市区，离你家也近。我们讨论了一下，你如果愿意，这个名额就给你。这是带薪培养，学业结束后，还是回协瑞医院的。这样，你就有更多的时间照顾孩子。"

文雯明白孟院长的苦心安排，都是在帮着自己，她何以为报啊！

四、文雯的爸妈不是亲爸妈

在读研的前几天,骨伤科的同事告诉文雯说:"昨天上午有一个苏州口音的妇女来找你,这些是那位妇女留下的礼物。这位妇女好像来过几次了,都没遇上你。"

"找我看病?"文雯问同事。

"不像,好像是你的亲戚!"

苏州口音的妇女?我爸妈的亲戚吗?怎么不去我家呢?文雯想着。哦,可能是我爸妈家拆迁后,亲戚朋友没有新地址吧?她也没多想。

正准备下班,见一面容白净姣好、气质文静的妇女,站在骨伤科门诊的门口,静静地看着她,不言不语,却有泪花在眼眶里滚动着。

文雯抬头看了来人一眼,猛地吃了一惊,似曾相识?她站起身问:"您……找哪位?"

"我是……我想应该找你……"妇人弱弱地说,一口浓重的苏州口音。

"哦,您是昨天来找过我吗?"文雯看了一眼边柜上的礼品,其实她也没打开看过,"请进呀,请问您找我是……"文雯走过去拿了那些礼品,想要把那些礼品还给她。

"你……你有时间吗?我想……"来者仍是小心翼翼地

有多少爱，可以重来

看了一下科室里的其他医生，吞吞吐吐地说。

文雯无奈，明白了她的意思，是不愿意在公开的场合说。文雯站起身，与其他同事打了个招呼，跟着这个妇女下楼。

医院门诊大楼外，妇人站立，一直目含泪光地看着文雯，把文雯看得有些心里发怵。文雯只能先开口问："阿姨，您找我是有什么事吗？"

"哦，是叫我阿姨啊？"这个妇女长长地叹了一口气，泪水止不住地流了下来，"我找你有三十多年了……"

文雯着实惊着了："您是？为啥要找我三十多年呢？"

"我……我……我是你的亲妈呀！囡囡！"泪水猛地从这阿姨的脸颊滑落。

"您到底是哪位？"这一听，文雯真是觉得莫名其妙，这是大白天说梦话？

"你……你的左腿肚上，在你还是婴儿的时候有个紫红色胎记，不知道现在还在吗？"

"啊！"文雯情不自禁地叫了一声。是啊，我的腿肚上是有个很淡的胎记呀，除了我妈知道，我自己都快忘记了，她怎么会知道呢？

"如果你有时间，我们聊一会儿，可以吗？"这位妇人小心翼翼地问文雯。

文雯觉得，这个阿姨一定是有什么事，或者说有什么故事要说。文雯无奈地点了点头，带着阿姨，在门诊大楼内的大堂咖啡店入座，点了两杯咖啡。

"我很忙。"文雯先向这个女人打个招呼，意思是希望她说得简单些。

第三章 济世传承

"嗯嗯,我理解。"阿姨应着,抹去了脸上的泪花,深深地端详着文雯,又长长地叹息了一下,"我叫吴雪雯,从苏州市立医院退休已有几年了。你也有三十一岁了吧?时间过得真快啊!"

文雯又是一惊,她知道我的年龄?

吴雪雯喝了一小口咖啡,直了直身体,带着一口凄惨而浓重的吴语,婉娓道来:

在苏州城观后街南门的转角,有一个五开间门面的中药铺,已有近百年历史。药号的正门是石拱式大门,大门上挑出一座明清年代的挑檐式建筑,门楣上有回纹砖雕,砖雕正中镌刻着"御春堂"三个楷书大字,粗犷豪放。门楼两侧各有斗大的浓墨"药局"两个字。

"御春堂"的后门是净月街。有一个石拱黑漆大门,是"御春堂"的后门,也是家人进出的大门。整座建筑恢宏大气,虽历经百年,仍是气派非凡。

"那是你的出生地。"吴雪雯停顿了一下,"你的亲生父亲叫袁春隆,是这家'御春堂'的二少爷。听说'御春堂'早先的店名叫'袁春堂',说是一老僧改的店铺名。"

文雯木讷着,不言不语,脸色苍白……

"袁春隆在圣约翰医学院读书,1950年毕业回来后,在苏州市立医院当医师。我小你父亲两岁,在市立医院当护士。

"我俩恋爱了,1954年的春节过后,春隆带着我,第一次进了袁家,向春隆的妈妈,你的奶奶请安。

"我明白,袁家是苏州市赫赫有名的大户人家,我只能小心翼翼,一直拘谨着。但我没想到的是,袁春隆的妈妈根

有多少*爱*，可以重来

本就没有正眼看我一眼，她声音不大，但说话时带着明显的阴冷，她说'春隆是订了婚的，我家也容不下外面来的野女子'。不容我说话，仆人就将我赶了出来。

"事后我才知道，你奶奶早已给你父亲与无锡'涵福堂'家的小姐订过婚了，是门当户对的联姻。可是你父亲却是稀里糊涂的，我更是不知道了。

"可是我们俩正在如胶似漆的热恋中，就胆大妄为地，瞒着春隆的父母偷偷地去了'内务局'，就是现在的民政局登记结婚了。

"我俩认为，登记结婚了，你奶奶也就不会再坚持了。我俩没回袁家，在外租了套小屋，相亲相爱地开始了小日子。

"这下真的是惹怒了袁家。你奶奶带着家人找到了我俩租赁的新家，把家里的家具、用具砸得一塌糊涂，把春隆揪了回去。

"你父亲生性懦弱，又是个孝子。从那天起，我就没有再见过你的父亲，他也没有再来医院工作。可是，我已经怀孕了。"

吴雪雯说着，泪水在眼眶中打着滚。文雯竟也听得愤愤不平了，像是在听一个别人家的故事似的，跟着抹泪唏嘘。

"那是1955年的二月，元宵节刚过的第四天，你出生了。"吴雪雯脸上洋溢着微笑，开心地说，"我刚才站在你工作的骨伤科门诊室门口，第一眼看去，就知道你是袁雯，你一点儿都没变，还是那样白净漂亮。"吴雪雯得意地说。

"袁雯？"文雯猛地一惊，脱口而出。

"是的，你出生证上的姓名是'袁雯'，'雯'是取自我

第三章 济世传承

姓名中的雯字,是你爸爸袁春隆取的名。"

吴雪雯说着,从包里掏出了一个牛皮纸的信封,抽出了一张泛黄的苏州市立医院的出生证,表格上是用钢笔填写的父母姓名和出生年月日,以及婴儿的姓名、性别和体重,盖着医院椭圆形的章。她把出生证推过去,就搁在文雯面前。

文雯从没见过出生证,也没想过自己是不是有出生证。看着眼前这泛黄的出生证,再看一眼坐在桌子对面的这位"阿姨",应该是亲妈无疑。那么,这位"阿姨"所讲述的故事,应该是真实的。文雯的心中不但没有喜悦,反而增添了伤感。

"我在市立医院产下你后的第二天,袁家就来了好几个人,你奶奶根本就没征得我的同意,就悄悄地把你抱走了!我哭得死去活来的,只有医院的同事们来安慰我,你父亲从未出现过。

"我每天去净月街,可是袁家的仆人根本不让我进门。大约半年后的一天,我终于看到袁家的后门开着,你坐在天井的'囡窝'里(一种用稻草编的,包裹着棉花和印花棉布的桶状小儿坐桶),边上有一个好婆(苏州人对中老年婆婆的称呼)在给你喂粥。

"我一眼就认出,这是我的雯雯!我开心极了,冲进去一把就将你抱了起来,吓得好婆惊叫着,拼死拼活地把你抢了回去!

"我告诉好婆我是谁,她才放下心来,对我少了些敌意。

"我求着好婆,想要抱抱你,可是好婆坚决不肯松手,说是囡囡的奶奶是绝对不会同意的，还急着要我离开。

"我答应了好婆，不再坚持抱你，我问好婆'囡囡过得好吗？她爸，她奶奶喜欢她吗'？

"可是好婆轻声地告诉我说，二少爷已经结婚了，是无锡药铺的小姐。囡囡可怜呀！没爹没娘个呀！好婆边说着，边揉着眼眶的泪花。我的心一下揪紧了，拉着好婆的手问'那我来求求她奶奶，让我把孩子抱回去可以吗？'

"好婆点点头说，那样最好，只是不知道她奶奶会不会答应，这小囡真的是又乖又好，可是命太苦了呀！

"从净月街出来，我立即转去了前门'御春堂'药号。可是，当药铺的员工知道了我是谁，怎么也不让我见你奶奶。我去一次被逐出来一次，就是见不到你奶奶。

"这样大概又过了好几个月，思念从未停止过。

"那天，我在净月街见到那个好婆，我拦住了她。好婆一见是我，泪水先流出来了，抹着眼泪告诉我，'囡囡已经被送人了，苦命呀！'说着，泪水止不住地流了满面。

"我惊呆了，半响才反应过来！什么？什么送人了？送给谁了？为什么要送……我还在呀！囡囡是我的孩子呀！为什么要送给别人呀……"

"'听说，是新小姐，就是无锡大药号的小姐提出来的，说如果将囡囡还给你，那你与二少爷就不会断了往来的，是早晚会为了孩子而走到一起的。而新小姐也不愿意刚结婚就当后妈。'

"'听说无锡的那家药号比我们的大许多，钱多压死人。袁家又是极其重男轻女的家族，大少爷生的是男孩，二少爷

第三章 济世传承

生了个女孩,老爷一直就没来抱过囡囡。药号店铺本就是不让女家眷踏进半步的。多乖的孩子啊!怎么像是多出她一个人似的啊……我不知道囡囡被送给哪家了,只听说也是开药铺什么的,说是好人家。'边说边抹着泪,不敢多说地走了。

"我差点晕过去,扶着墙站立了好长时间,才缓过气来。

"我其实已经忘了,我与袁春隆是在政府登记结过婚的。大约过了半年多,袁春隆突然找到了我,说要去办理离婚。

"我气不打一处来!这个没良心的负心汉!

"那年月,我根本不懂法,只知道女人给老公休了,那就是休了。

"我与他一起去了法院办理离婚。这也是我第一次知道,结婚要政府批准。可是,老公把老婆休了,那就只能是休了吧?

"法院的黄法官了解了我们的结识和婚姻的全过程后,告诉袁春隆,明确肯定了我们的自由婚姻是合法的,是受法律保护的。

"袁春隆看着我,满眼哀求的目光。我心软了,他们家是个大家族,他娶的无锡大药号的小姐,对他们的家族事业会有更大的帮助。我如果不同意离婚,他与无锡的那位就不能算是正式结婚。

"我向黄法官表示了我同意离婚的意思。一个女人,自己的老公提出要休了老婆,这个老婆仍是死皮赖脸不肯离婚,这段婚姻其实也没啥意义了。

"黄法官很吃惊我会有如此传统的想法,再三劝我慎重,又再三说明,我没有错,错在袁春隆。可我看了一眼袁春隆,

153

还是在离婚协议书上签了字。

"我对袁春隆说,我其实只有一个条件,把女儿还给我!

"可是,袁春隆竟不知道女儿已经被送人了。他听了后竟傻傻地说不出话来,过了很久,才怔怔地说,会回家去问清楚后告诉我。可是,自离开法院后,我再也没有见到过你的父亲。"

文雯如痴如醉地听着,愤怒、同情,像是在听别人家的故事。过了许久才突然冒出一句:"那……那个叫袁什么?袁春隆的?我小时候,他抱过我吗?"

"好像没有,我也不知道春隆有没有见过你……"

一阵沉默,文雯心里,伤心在蔓延……

"您是怎么知道我在协瑞医院工作的呢?"文雯从恍惚中醒来,问吴雪雯。

吴雪雯长长地叹了一口气:"我不知道你爸住在无锡哪里,也找不到你。但我真的非常非常想你!

"我觉得黄法官是个好人,是政府的人。或许,政府会帮助我找到你。我去法院找了几次,可是没遇上黄法官。

"也是巧了,那一天,我在医院病房遇到了黄法官,他旧伤复发,住进了病房,而这个病区的护士长是我。

"黄法官是在解放战争中受的伤,身上的弹片卡在肺梢上,一直没有取出,经常会犯哮喘病。这次手术是把弹片取出。

"黄法官没有家属,我就会多照顾他一些,何况是在我负责护理的病区。

第三章 济世传承

"黄法官出院后,就开始按我的托付寻找你。

"一个多月后,黄法官告诉了我你的去向和情况。他说你是被虎跑山边开中药铺的文家领养了,领养人叫文明博,领养手续是完整合法的。

"文家是'御春堂'的供应商,是经常有往来的。也是巧合,那次是文家老奶奶去'御春堂',她看到了你,好生奇怪,心想,理应是袁家孙辈的你,穿着却明显不够富贵,而且是跟带你的好婆同屋睡。她多嘴地问了袁家老太太,却是吃了一惊,对你怜惜又喜欢,就开口向袁家老太太提出了要抱你回文家的想法。

"文明博那时是在苏州开西药房,结婚已两年却没有孩子,文家正为此愁着。

"袁家老太太犹豫了一会儿,竟是同意了,文家老奶奶兴高采烈,开心极了!

"文家那天带着贵重的礼物,文明博带着他的太太一起,欢天喜地地接你去了文家。

"我听了黄法官的述说,立即要去文家找你,我想要把你抱回来。

"可是黄法官却说,公私合营后,文家的药栈与国营制药厂合并了,文明博的西药房也关了,他们全家都已去了上海……

"从此后,我就彻底没了你的音讯。

"第二年,我与黄法官结婚成家了。老黄人很好,很爱家,待我很好。可我仍是时不时地会想到你。"说着,吴雪雯又抽泣了起来。

有多少*爱*，可以重来

"老黄经常劝我，雯雯已经是文家的孩子了，文家也不会希望孩子知道自己是被亲生爸妈嫌弃的，当然，文家更是不希望亲生父母找上门认女儿的。

"可是我在老黄的字里行间，总觉得老黄知道你的近况，可他就是不肯说，是怕我去打扰你的生活。"

"老黄？"文雯想了一下说，"是那个苏州老黄吗？他和我爸很熟悉呀，也来过我家，好像有山东口音的。听爸爸说，他好像去年去世了。"

"那就对了，是的，是山东人，去年去世了。"吴雪雯停顿了一会儿，叹了口气说，"好人命短呀！"

"在老黄临终前，他才告诉了我你的情况，说了你现在的工作，说你已经结婚有孩子了。可他仍叮嘱我不要去找你，不要打扰你的生活……

"我并不想打扰你的生活，我只是想看看你，看到你……三十多年了，我每时每刻都在……"说着，吴雪雯抽泣着，又是泪流满面了。

文雯听着吴雪雯故事般的诉说，整颗心、整个脑、整个人，跟着故事一起跌宕起伏着。看着眼前这位突然冒出来的"亲妈"，文雯的喉咙哽咽着，就是喊不出一声"妈"！

文雯怎么也没想到，自己的出身竟是如此悲惨！自己竟然是一个被亲生父母嫌弃的，被奶奶送人的领养儿！她泪水满面，捂嘴失声痛哭……

这就对了，我爸妈一听说我中学毕业后学医，就高兴地说这是传承，是因为我亲妈也是医生，亲爸也是学医药的。可是我爸不也是学医的嘛！

第三章 济世传承

我爸不让我过早地恋爱，这是怕我吃与亲妈同样的亏？难道我爸认定我亲爸是耍流氓，是不负责任的人？

我有着深爱着我的爸爸妈妈，我还有一个生育我，但没养过我的亲妈。我这算是幸福还是悲哀呢？

"那……那这个叫袁春隆的，仍在无锡吗？"文雯唐突地问。

"袁……那是你亲爸呀！"吴雪雯好像不满意文雯这样直呼姓名，"我也一直没见到过你的亲爸，听老黄说，公私合营后，他们全家都去了香江。"

"哦……"文雯叹了口气，看来这亲爸算是彻底抛弃自己的亲生女儿了。

吴雪雯看了看表，又看了看文雯，懦弱地问文雯："我也好想看看小外孙呢，可以吗？"

"不！"文雯竟没加思考地说了个"不"字，自己是感到不妥，但其实也是不想让她知道，她的亲外孙患有"渐冻症"。

文雯想起，前些天孩子爷爷下班回家后，抱着小超儿，莫名其妙地问文雯："你现在的爸妈，不是你的亲生父母吗？"文雯当时被问愣了："怎么会呢？当然是亲生父母呀！"他爷爷也就没再说话，只是一副令人生疑的表情，弄得小超儿的奶奶白了他一眼。难道，超儿他爷爷也知道我的身世？

"我过得很好，我的爸爸妈妈待我真的很好很好，是爱我宠我的。我现在的老公、公公婆婆也待我很好的。我希望今天您说的事，不要让他们知道，这会引起太多的误解。我

157

想,还是保持这样平静和睦的生活吧!"

"那……那我能经常来看看你吗?"吴雪雯小心地问。

"可以啊,不过你来之前先给我打电话可以吗?我……很忙的。"

"那我先回了,你自己照顾好自己。"说着,吴雪雯起身。

"嗯,您自己也保重!"文雯的心牵挂着超儿,而且已经很晚了,医院班车也已开走了。

文雯骑着自行车急匆匆地回家。

亲妈?我怎么一点感觉都没有呢?是我冷酷?是我没良心?

她从苏州来,怎么样也该请她吃了晚饭再回的,我竟然……

我是被亲爸亲妈嫌弃的人?

我被亲奶奶送人了?

文雯骑着车,脑子里一团粥似的冒出来很多……

不知道自己是命苦?是怨?是……

猛地,自行车撞在行道树上,文雯整个身体倒在了地上,撑地的两个手掌渗着血水,钻心地疼……

第三章 济世传承

五、破碎的家

小超儿能牙牙学语了。谢天谢地,全家人都高兴得不得了!

在文雯的努力下,小超儿不但能完整地说话,手指的力量也增强了,智力也不比同龄儿童差。这使得文雯信心倍增。

儿科医院的主任医师也是惊奇了,说这绝对是奇迹了。

可是,超儿的四肢情况仍是毫无进展,身体在无支撑的条件下仍是不能坐起,是典型的头脑正常、四肢无力。用句残忍的话说,身体就如一团肉团团!

自从知道了超儿是治愈不了的"渐冻症",马志东就再没有抱过超儿哪怕一次,连靠近超儿的小床看一下的勇气都消失殆尽。

逐渐地,马志东与文雯说话也少了。文雯心里明白,马志东是不愿意接受这残酷的事实。或许,是埋怨文雯生了这么一个肉团团似的累赘。

马志东下班回家的时间也是越来越晚了,甚至是借故参赛不归。平时不喝酒的马志东,有时更是喝到满身酒气,或是酩酊大醉地回来。尽管每次他爸妈都是数落劝说,但马志东仍是垂头丧气的,越发一蹶不振。文雯看在眼里,也只能叹息。

文雯每天忙得像只陀螺似的打转。每天两次，每次一个小时，为超儿推拿、针灸、洗澡，然后紧赶着去中医学院读研，匆匆地回家。晚上睡觉还要起来几次，为超儿翻身、擦汗，神经高度紧绷着，每天都累到只想躺下休息。

夜深时，文雯看着熟睡中的超儿，独自偷偷地抹泪叹息……

到了应该上小学的年龄了，超儿仍只能靠着特制的圈椅才能勉强坐着，上厕所都需要人抱着他才能完成。唯独可喜的是超儿能哆嗦着自己扒拉着吃几口饭，基本上仍是依靠奶奶喂。好在爷爷也退休了，可以帮着一起照顾超儿，可以操着东北普通话，给孙子讲故事，逗着孙子玩。

文雯明白，让孩子上学，这是奢求而已，超儿是去不了学校上学的，连残疾儿童学校也上不了。

文雯担负起了超儿的全科老师，每天用几个小时教超儿学习小学语文、算术、音乐……

这是一幅很心酸的画面：文雯在超儿前的小黑板上写着，教着，领读着。爷爷或是奶奶抱着超儿，一起跟着"文老师"念着……

超儿很聪明，很快便能背诵课文，学过的也都能记住。只是，写字对他来说实在是太难了，学了一个星期，才能勉强写出歪歪扭扭的"马超"二字。

爷爷与文雯商量后决定，只要超儿能认字，以后能看看书报，能看懂电视上动画片、儿童剧的字幕，就足够了，写字就放弃了。

第三章 济世传承

协瑞医院的领导和石教授来过文雯家几次，看着文雯如此辛苦、紧张地围着残疾的儿子忙碌着，要为孩子推拿按摩、针灸、洗澡，又要抱着孩子去儿童医院就诊，还要教孩子学习，每天又要去中医学院读研。这样下去，铁打的身体也是扛不住的。而医院的骨伤科又少不了受众人信任的文医师，挂文医生门诊号的病人竟需要排上半个月。院领导考虑再三，决定在文雯读研结束后，为她开设"石氏骨伤科专家门诊"，专家门诊每星期只需坐诊三个半天。这样，文雯才有了些喘息的时间。

那天，马志东总算是回家吃晚饭了。他妈妈高兴得像是来了客人似的，做了好几个儿子喜欢吃的菜，还开了瓶东北产的"长白特曲"，这是老头子的最爱。

酒过三巡，马志东看了一眼边抱着超儿边吃饭的文雯，怯懦地开口："我要去国外读书了，手续已经办妥。另外，我……我要和文雯离婚……我也不要这个怪胎……"

话未说完，马志东的爸爸跳了起来，猛地把酒杯摔在了地上，一阵玻璃飞溅声！文雯还没反应过来，倒是吓得超儿失声大哭了起来。

"你翅膀硬了？要远走高飞了？要弃儿抛妻啦？什么混账话？老子毙了你……"马志东的爸爸听了混账儿子的话，气得拍桌大骂！

超儿的奶奶赶紧起身抱过超儿哄着，又对着马志东嚷开了："我想你好久没回家吃饭了，我还高兴着呢，原来你竟会说出这么浑蛋的话呀！谁是怪胎啊？超超有病，但多乖多聪明啊，再怎样，孩子也是马家的子孙啊，你这个浑蛋咋能说不要了呀？你不要我要！"

　　文雯赶紧劝婆婆，婆婆的高血压要是再犯了，文雯可就更忙不过来了。

　　"我不要这个家……我怕回到这个家，我怕见到超儿。为什么别人家的孩子都是健健康康的，我家的却是……还不是文雯是私生女，偷偷摸摸地带来的遗传后果吗……"马志东退到老远的墙角边，壮着胆一口气说出了他日怕夜梦的、心里憋了好几年的话。

　　马志东小时候是最怕爸爸的，爸爸生气时，嘴上一句"老子毙了你"，然后就会拎起什么砸过来。马志东就立马抱头鼠窜，边犟嘴边逃走。

　　马志东结婚后，爸爸的脾气却是变得好到连马志东都看不懂了，且对孙子宠爱有加。

　　文雯整个身体杵着，木讷着。"我是私生女？我是偷偷摸摸……是我带来的遗传后果……"

　　一直强撑着的身子，犹如堆着的一盘沙雕，突然就散了……文雯说不出一句话来，跌跌撞撞地进了房间，整个身子扑在了床上，这才失声地大哭起来！

　　七八年来的辛苦、冤屈和痛心一股脑儿地发泄出来了，文雯号啕大哭……

　　超儿的爷爷奶奶仍在骂着马志东，可马志东摔门出去后再也没有回来……

　　"志东刚才说了什么？说是要去国外？说是要离婚？说不要超儿了？"文雯的脑子稍微清醒了一点，突然起身跑出

第三章 济世传承

房门,一把将奶奶抱着的超儿抢了过来,抱进了房间,边哭边嚷着:"超儿是我的,他不要,我要……"

这段时间,马志东没有回家。

隔了几个月,文雯收到了一份法院的离婚开庭传票。

全家人这辈子都未见到过什么法院的传票。超儿的爷爷气得拍桌子骂:"这个畜生……"

文雯心里一直藏着一个疑问,待超儿的爷爷情绪平复了些,她问:"爸爸,志东怎么会说我是私生女,超儿的病是我遗传的呢?"

"唉,"超儿的爷爷长长地叹了口气,"是我不好,这是在刚发现超超得病时,我询问了我们部队医院的院长,他是我的老战友。我问超超为何会得这样的病,院长也是无奈地跟我说,这病症实在是太少了,还说不上是什么原因。一种说法不一定科学,说是遗传,但没有实际的病例证实。"

"遗传?这个问题纠缠着我。我瞒着你,请我的战友暗地里调查了一下,是想了解你的家属中是否有谁也有这种病症,院长说过,如果家属中有人得过这病,或许是可以用血清治疗的。

"结果,机要处的同志告诉了我你的身世,也证实了你现在的养父母一直待你视如己出,宠爱有加。

"我只是对志东说了个大概,说你是苦命的孩子,并要志东好好待你。怎么在这浑蛋口中,你变成私生女了,变成什么偷偷摸摸的了?这浑蛋的混账话!文雯,你千万别放在心上!"超儿的爷爷歉疚地说着,又平息了一会儿,问文雯,

"文雯，你自己不知道你的身世吗？其实不知道更好，是我不好，是我老糊涂了……"

"半年前，有个女的来医院找到我，说她是我的亲妈，我才将信将疑地知道了些我的身世。可是，也没听说我们家有谁得过什么怪病呀！"

"哦，亲妈来认你了……文雯，我觉得，你不要把亲妈来认你的事告诉你爸妈，他们知道了会难过的。"超儿的爷爷反倒是劝着文雯。

"嗯，我也是这样想的。"文雯点头。

文雯没有请律师。可是开庭那天，爷爷执意要陪文雯一起去，还执拗着要带着超儿一起去。爷爷嚷嚷着："我要让法官看看，连自己的儿子也不要的人，还是个人吗？"

法庭程序比想象中的要简单许多，马志东本人没有出庭。法官只是听了原告律师一番陈述，无非就是说马超的病症是文雯遗传的，一些毫无证据支撑的理由。法庭看了被告递呈的一大摞马超的病史，摇头叹息，也不需要被告方陈述，就判决了："不准予离婚。"

其实，就算是判决了"不准予离婚"，对文雯的生活而言，意义也已经不大了。

法庭判决后，马志东就辞去了赛车队的工作，抛弃了父母妻子，离开了生他养他的家，只身去了国外。

直到2002年底，马志东从国外回来，再次以"感情不和，分居已十年"为由起诉离婚。

在婚姻法中，对感情不和的法律解释中，其中有一个理由是"分居三年以上，准予离婚"。分居已达十年的马志东

第三章 济世传承

夫妻，已符合法律离婚条件。

但法官的意见是，马超是残疾儿童，必须由父亲承担责任，承担抚养义务。可文雯坚持要自己抚养孩子，文雯明白，超儿只有在护理的环境中才能成长，或者说是生存。法庭进行了多次调解，文雯一直坚持着要自己抚养。

那晚，超儿的爷爷奶奶伤心又怜悯地与文雯商量，他们认识到文雯只身一人，要上班又要抚养超超，是做不到，也是做不好的。更何况文雯的妈妈这段时间身体一直不好，经常住院，这更苦了文雯要几头照顾奔忙。爷爷坚持说他是退休在家的，相对有时间照料超超，苦口婆心地坚持着劝着儿媳妇，希望能继续照顾超超，也希望文雯能继续住在爷爷家。

冷静下来，文雯也明白自己这焦头烂额的处境，儿子的病症，爷爷奶奶对超儿的爱。最后，她同意了爷爷奶奶的请求，超儿由爷爷奶奶照顾抚养，自己仍住在超儿爷爷家。这样，对超儿的生活来说，基本上没有变化。

法庭按照初审意见，判决了马志东与文雯离婚，马超归父亲马志东抚养。

判决那天，不知是怎么回事，法庭内外竟挤满了新闻媒体的记者。当天的媒体纷纷报道了"出国十年，欲踹糟糠之妻""上海人民不要这样的赛车队长"，一时之间，竟成了街谈巷议的新闻了。

文雯却仍是忙碌着。

有多少*爱*，可以重来

虽然已经退休，但作为石氏骨伤科的传承弟子，协瑞医院仍继续返聘文医生担任骨伤科专家门诊的坐诊专家。

妈妈去世后，文雯回到了老父亲家，陪伴着爸爸一起生活。

儿子马超已经三十多岁了，病情仍是在平稳中逐渐变差。超超除了眼睛能动、手指能动、能说话，身体的其他部位基本上都是僵硬的，吃饭、睡觉都需要保姆协助。好在超超性格乐观、开朗，学习努力，多次被著名媒体采访报道，成了名人。

常言道："当上帝为你关上一扇门，一定会为你打开另一扇窗。"说的好像就是马超了。

文雯每天三点一线地忙碌着，每天先为老父亲烧好中饭和晚饭，然后匆忙赶到儿子家，和儿子说说话，陪着超超的爷爷奶奶聊会儿天，再去协瑞医院的专家门诊坐诊。

日子一天一天地过，
又要迎来一个明天，
……
唱诗班的童声，悦耳动听。

第三章 济世传承

六、坚强的超儿

爸妈离婚这一年，马超已十八岁了。

六岁起，妈妈开始试着教超儿小学语文、算术。医生曾经劝过文雯，能生存到现在已经是十分罕见的了，学习是不太可能的。可是，爷爷奶奶和文雯却惊奇地发现，超超的求知欲望和接受能力特别强。

文雯觉得，超儿已经不满足于自己能认几个字就已经很不错了的想法。她改请了家庭教师上门给超儿上课，又增加了英语和电脑课程。"渐冻人协会"还陆续请了一些大学生志愿者、退休教师等来给他上课。

不断充实的知识，让马超成为一个内心丰富、兴趣广泛的人。

一张靠背椅、一台电脑桌，电脑桌上放置着三台显示屏，同时工作着。"渐冻人"马超人生的大部分时间，都在这样的空间日复一日、年复一年地度过。他刷牙、洗脸、喝水、吃饭，上下床，睡觉和翻身，都要在家人和保姆的帮助下完成。

超超的肌体无力病症也逐渐从双腿扩展到双臂、双手，再到头部，如今，他全身上下能活动的只有左手的两根手指以及一双眼睛。

有多少*爱*，可以重来

在诸多兴趣爱好中，日语成了马超最喜欢的一项爱好。那一次，爷爷带着超超去书城，无意中在书店看到了一本小说《雨衣》，里面讲到一个日本留学生的故事，两国的文化差异让他产生了憧憬，从此，马超开启了日语学习生涯。

这一学就是三四年，马超上午看书、背单词、做习题，下午就看些课外书。一开始没想过可以通过日语考试，他抱着试试的心态去了。

那是 2004 年。爷爷当时喊了一辆无障碍出租车送他去考场，马超在失去行动能力的前提下艰难地完成了考试。这背后还要感谢一名日语外教老师。

这名外教考前帮他辅导日文、鼓励他、支持他，在国内很难报名日语一级考试的情况下，甚至自费前往日本帮他报名，又帮超超申请了单人考场，考场里的两位老师帮着马超共同完成了考试，一位帮着他翻考卷，一位帮着他填答题卡。

考试结果让马超也感到意外，他的成绩名列前茅。

之后，马超尝试着在网上为翻译公司、出版社翻译资料、翻译教材，再到后来翻译动漫书、小说甚至软件。这些年，他已经翻译了近百万字，出版社的约稿仍是不断。靠着左手两根手指，点击着特制的鼠标，马超竟在一个月的时间里，写出了十万字的动漫剧本。

他每天的生活非常丰富，在电脑上听歌、玩游戏、看书、下围棋、看动漫……时间过得很快，日子很充实。他有几十万个"粉丝"，涵盖汉化游戏群、国际象棋群、原创小说群、剧本杀交流群等各个领域。微信有几百个好友，不少是从小

第三章 济世传承

到大就认识的网友,虽然没有见过面,但每年都会送祝福,互相帮助,互相支持鼓励。

这些年,超超通过网络加入了国内首个神经肌肉疾病协会;参加了一些医疗讲座和心理辅导;在社会志愿者的照顾下,参观过金茂大厦等旅游景点。

这些年,他赞助过民间爱心人士在西北地区建校舍;捐助过像他一样无法进入校园读书患"渐冻症"的少年;还曾教孤儿学习日语、读电子书,帮助和鼓励他们自学。

"有些我已经经历了,有些我将来要经历。"他想过自己有一天将不能吞咽,不能说话,全身上下只有双眼会动,就像霍金一样,可能还需要切开气管才能呼吸,"那时我也会跟霍金一样,用眼球的运动来操作电脑,输出想法。"马超仍是乐观地说。

4

第四章 重回上海

第四章 重回上海

一、告别牌楼村

1978年,孙志成的爸爸到了退休的年龄。

去年起,上海对务农的年轻人,有了新政策:可以回城顶替退休父母的工作。

五年了!孙志成在收到爸爸的单位——上海英雄钟厂寄来的工作录取通知书时,眼泪夺眶而出!

突然,"诗"意袭来,孙志成拿了个土块,在墙上写了首诗。

五载挥锄修山河,

青春汗水洒牌楼。

大有作为犹耳畔,

岁月逝水志未酬。

写完后,看着歪歪扭扭的"诗句",他又在下面加了不伦不类的一句:"孙志成到此一游!"

孙志成看着看着,深深地叹了一大口气,这"一游"竟是游了五年!

其实在半年前,建荣、小丁就已经先后回城顶替父母了,郑庄的小施和小周也已回上海了。沈瑞新在一年前与牌楼村的女人结婚育子,住在他老婆家了。

留下了阿马、小杨和孙志成三人,这半年更是度日如年的，等待着上海的工作单位寄过来的工作通知书。农活虽然熟练了，能顶个青壮年农民了，可到了雨天或是晚饭后，几个人就叹息着，闷声无气似的，早早地上炕睡了；或者是打扑克、喝酒、抽烟，就这样不死不活地混着日子，过着颓废的人生。

郑建军看着这几个年轻人终日混沌着，荒废着青春，也明白他们早晚都是要走的，只能是摇头叹息作罢。

回上海的前一天晚上，孙志成叫上了郑建军和他的老婆，郑庄的两个女生，瑞新和他的老婆，加上阿马和小杨。想了想，又加上了村会计，一起聚餐。

酒菜是村会计张罗的，孙志成给了他十元钱，他就屁颠屁颠地忙了一下午。村长的老婆和两个女生一起，又是炒又是炖的，竟弄了满满一大桌的菜。两瓶大曲，每人倒上一大碗。

孙志成端着酒碗站起，还没开口竟先哽咽了。平息了好一会儿，他才开口道："明天一早我就回上海了，可能……如果可能，我还会来牌楼村看你们的。五年了，我感谢村长，感谢我的兄弟姐妹，也感谢我们的黄会计，还要感谢我们村里的……"孙志成笨拙地说完，自顾自地拿起酒碗说："我先干为敬！"竟是"咕咚咕咚"一口气干了！

孙志成仍旧站着，抹了抹嘴角，抓着酒瓶加满了酒，举起，与村长重重地碰了一下："村长，建军兄弟，我再谢谢你！是你，摸黑拉着我去乡医所，救了我一条命！是你，一直让我们吃你种的菜！是你，帮着我们……"没说完，孙志成又

第四章 重回上海

哽咽了，说不下去了。

村长被孙志成的情绪感染了，站着喝了一大口酒，拉着孙志成的手摇晃着："大孙啊，你要走了，要回上海了，我不舍得啊！但我更多的是高兴！我知道你们都会走的，都要回城的，上海是你们的家，上海有你们的父母，有你们的兄弟姐妹。我知道，你们身在陇南，心在上海。刚才你说，会回牌楼村来看我们，这话我更高兴。我等着你们来看看我们，带着你的婆娘一起来。"

"我们这里也在变，可能五年，或许十年，就会变得更好。你们刚来时，连电都没有，现在有了。拖拉机有两台了，打谷子、打麦子都是电动的了。安徽全省都开始推行承包了，是改革了，以后会更好的。"村长说得有些兴奋，又喝了一大口酒，继续说，"大孙是好人，讲义气，护着大家，像是护着自己的弟妹，我喜欢这样的兄弟。我相信大孙你回上海后，也是会有出息的，一定的！"说着，紧拽着孙志成，仰头喝干了碗中酒，竟也是泪眼蒙眬的了！

沈瑞新一句话也没有，闷着头喝酒，眼泪却是"吧嗒吧嗒"滴落在酒碗中。

孙志成明白，村长也知道，政策上是不能回城了。

孙志成端着酒碗，拍了拍瑞新的肩："瑞新，你也有妻有子，有家了，不要沮丧，政策应该也会变的，到时候，你们一家子全部回上海的可能性也是有的，好好待老婆，好好过日子，我们会在上海见的！"可瑞新听着，更觉伤心，想说什么，看了老婆一眼，却又说不出来。他只是站着，拉着

175

有多少*爱*，可以重来

孙志成的手，哆嗦着一口干了杯中酒，甜酸苦辣，只有他自己知道了。

聊着、诉着、忆着、笑着、哭着，又加了两瓶大曲，直喝到天际吐出鱼肚白，阿马和小丁催了孙志成几次，这最后的晚餐才算是散去。

孙志成找了个帆布行李袋，塞了几件衣物，把余下的零钱、香烟什么的，全都塞给了阿马他俩。

他站在草屋门外，点了支烟，久久地眺望着村庄……

第四章 重回上海

二、我是上海人了

孙志成回到上海第一件事就是去街道派出所报户口。

曾经，1973年的夏天，孙志成回上海看病，人家却说他不是上海人，先要报"临时户口"才能看病，孙志成因而恼火，拂袖回了安徽。

派出所的接待窗口里坐着个女民警，没戴警帽，白白净净的，两个小辫子上扎着两根绸绳，绸绳上有白色的小圆点。女民警看了来者一眼，笑容甜甜地收下了孙志成递交的证明和户口本。

孙志成猛地呆住了，竟脱口而出："文雯！"

女民警抬起头问："你是孙志成本人吗？"声音也是甜甜的。孙志成揉了揉眼睛，这会儿看清了，这不是文雯，文雯比她好看，声音也比她糯。

"是，我是孙志成本人。"孙志成愉悦地回答。

"你刚才是在叫我吗？"女民警一边填写表格一边问。

"哦，对不起！是我认错人了。"孙志成不好意思了。

不过真的有点像啊！孙志成在心里嘀咕着，怎么会是一样的绸绳？

文雯，你现在好吗？

177

有多少*爱*，可以重来

大约十几分钟，女民警把改好的户口本递给孙志成说："户口本重新登记了，祝贺你！你又是上海人了。"

孙志成赶紧翻看着这小小的户口本，在"迁出"的后一页，重新填写了一页："孙志成，从安徽省天河县陇南乡迁入。"

"吧嗒"一声响，一滴眼泪滴在了户口本的这一页上。

"我是上海人啦！"孙志成大声地喊了起来！

离开派出所，孙志成这才发觉，上海的马路上，熙熙攘攘的都是人，这些都是上海人吧？我也是上海人了！我是上海人啦！

孙志成眯着眼睛，看着这五年后的上海，车水马龙，热闹非凡。

上海人穿得都很精神、整洁。同龄的人，好像大多数人的脚上都是穿着皮鞋的。孙志成看看自己，仍是洗白了的绿军装，洗白了的绿胶鞋，土啊！这还像是上海人吗？我这穿着，还能去钟厂上班吗？

记得第一次回上海时，就看到思领已经穿上皮鞋了。

他摸了摸口袋，跨进了"鹤鸣鞋帽商店"，营业员阿姨笑容可亲，货架上的皮鞋琳琅满目，猪皮鞋 7.68 元，新款牛皮鞋 12.80 元。

孙志成想了想，选了双新款牛皮鞋，43 码，换上，突然觉得，这才像是上海人了。

再看看自己，他转身径直走向"人立服装商店"，横挑竖选的，最后还是选了件米色卡其布拉链夹克衫。

穿着新皮鞋，又穿上米色外套，照着商店里的镜子，手

第四章 重回上海

指顺势整了整头发,孙志成觉得自己精神多了。

嗯,我是上海人了,我现在是上海人啦!

回到家,妈妈围着儿子,上下左右转着,笑着:"哈哈哈,我儿子啊,多帅啊,人要衣装呀!"边说边捂着嘴乐。

"妈,我又是上海人了!"孙志成兴奋地说,把户口本交到妈妈手上。

"五年多了,这么一张纸,就能让我儿吃苦五年多啊!"妈接过户口本,叹息着。

刚吃晚饭,楼下管公用电话的阿姨就在叫:"孙志成,电话!"声音尖锐响亮。孙志成搁下筷子,匆匆下楼。

"哈哈,志成啊!你真的回来啦?"金明的声音在电话那端响起。

"啊呀,金明啊!好久不见了,听说你在大宾馆做领导啦?有出息啊!"

"什么领导啊,你回来也不给我打电话啊!我现在去你家吧,一起出去吃个饭?"

搁下电话,孙志成快速吃完饭,和爸妈说了声,就转身下楼了。

金明已经到了弄堂口了,两人嘻哈着打闹了一会儿,孙志成忙问:"同学们都怎样?文雯好吗?"

"我也是好久没见过同学们了,遇到过田甜,说起过文雯。田甜说文雯卫校毕业后,在中心医院当了几年医生,又去上大学了。"金明边说边抽出支烟递给孙志成,自己也点了一支。

179

有多少*爱*，可以重来

"能去文雯家看看她吗？可我不怎么敢去的，遇到她爸一定又会很尴尬的。"孙志成有些心虚地说。

金明太了解志成了，知道孙志成在想什么，两人边走边聊着去文雯家。

可是，走到八仙坊，孙志成和金明两人都傻了。龙湖路金零路整片老房子，除了菜场这栋老建筑还在，其他的老房子竟都被夷为平地了。暗淡的路灯下，拆下的砖瓦木柱和建筑垃圾堆得乱七八糟的。

金明也是惊奇，这么一大片的老旧住宅区，怎么成了这一大堆建筑垃圾了？他平时上班忙着，竟不知道八仙坊地区已经拆迁了。

孙志成伤感着，看着眼前的一片废墟，再熟悉不过的地方了，怎么就拆了呢？那文雯呢？文雯家搬迁到哪了呢？

两人沉默着站了一会儿，起身离开。

不远处是音乐厅，好像是有演出，站在广场上，能听到从音乐厅里飘出来的悠悠琴声。

孙志成点了支烟，木呆地站在广场中间。那是刚去安徽后的半年，孙志成回上海看病，文雯约他出来在这里见面，却告诉他说："我俩分手吧！"从此……

脑子里充塞着断断续续的碎片……

孙志成又接了支烟点上，猛抽几口，默默地环顾着四周，看了看音乐厅广场，长长地叹了口气……

黯然离开了这伤心之地。

孙志成上班了。

第四章 重回上海

上海英雄钟厂坐落在曹家浜路上，曾经是国内五大钟厂之一。当时的"英雄"牌座钟，如奢侈品般风靡全国，每家每户都以五斗橱上有一台"英雄"牌座钟为荣耀，以至于需要凭票供应。

孙志成顶替父亲进厂后，厂人事科科长觉得孙志成帅气、活络，或许更多的是基于父亲在英雄钟厂近二十多年车间主任的人缘，他将孙志成安排在了厂部销售科任业务员。

明亮宽敞的办公室，人来人往的都是求购"英雄"牌座钟的。全国各地的百货公司和钟表商店的客商，堆着笑脸，使得销售科业务员都如"上帝"般傲气。每个业务员的办公桌上，堆积着客商送来的凤凰、牡丹香烟和龙井茶什么的。

孙志成恍然觉得，自己已经从一个农民变成了大上海国有工厂办公室的一员了，真是天壤之别。

不但是办公室的一员，而且是握有商品分配大权的业务员了。

孙志成很珍惜这份来之不易的工作，也深知"吃得苦中苦，方为人上人"。作为分管华东区计划分配业务的孙志成，总是笑脸相迎，并不骄傲。也尽可能合理地争取多点配额，这样，也与华东区、上海市的各钟表商店及百货大楼的业务经理有了友好融洽的关系。

刚进厂时，孙志成的月工资是46元，第二年涨到了52元。而孙志成在安徽天河时，不说多苦多累，全年工分折合成现金的话，最多也没超过35元。知足常乐、兢兢业业，孙志成过着上班下班，星期天休息的真正的上班族生活。

有多少*爱*，可以重来

三、毛脚女婿

回上海半年，一天，孙志成正在吃晚饭，听到楼下有熟悉的女声叫着他的名字，是以前同在天河县的郑庄小施。

小施叫施丽芳，早孙志成半年回上海顶替她妈妈的工作。在孙志成得伤寒病时，是小施陪伴他回上海看病的。现在，小施在长寿路桥畔的国棉厂纺纱车间做三班倒的挡车工。

"志成啊，你回来了也不告诉我一下啊！"小施满是责怪地嗔声埋怨，"我是遇到瑞新，他在华侨商店门口做'打桩模子'，才说起你早已回来了。怎么一回上海就把我……我们忘了啊！"

孙志成心里暗自叫苦，这真的是他不好，他回上海后与建荣、小丁都小聚几次了，也想到过小施，可是找不到小施在四年前陪他回来时写给他的地址和电话了。

孙志成只能吞吞吐吐地说，把地址弄丢了。

"你是顶替你爸爸吧？建荣说你坐办公室啦！春风得意了吧？哪像我们工人，还是三班倒的呢！"施丽芳的嘴一直都是这么厉害。

"我不知道瑞新已经回来了，他是离婚了吗？孩子呢？"孙志成觉得，沈瑞新自从听说他们可以顶替父母的岗位回沪

第四章 重回上海

起，可能就后悔在当地结婚了。

"好像没有离婚吧，他的户口仍在陇南乡，是不能在上海工作的，所以只能做些偷偷摸摸的事了。"小施也有点惋惜地说。

"就这样站着呀？我就先回家了。"小施有点不满意志成的态度。

"哎哟，是我不好，光说话了，上我家坐坐呀？"孙志成这才觉得，应该请小施上去的。

可小施倒是推托了："空着手呢，怪不好意思的，下次吧！"孙志成也只能送了小施一段。

一来一往，电影院或是在江边防汛墙，也逐渐有了孙志成和施丽芳的身影了。可是每次送小施回家后，孙志成总是莫名地觉得空落落的，怎么就感觉少了些什么？怎么就丝毫不激动呢？

星期天，小施打来电话说她妈妈和哥哥要见见他，午饭在小施家吃。

孙志成在食品一店买了盒曲奇饼干，一盒泰康巧克力，又买了些水果，骑着车来到施丽芳家，这是孙志成第一次来小施家。

小施在弄堂口接了孙志成，两人相拥着进了小施的家，惹得弄堂里的邻居们羡慕不已。

小施的爸爸去世得早，她有一个哥哥在青山针织衫厂工作，平时只有星期天回来；有一个妹妹在街道工厂做工，今天都在家。一间十几平方米的亭子间，挤得转不过身来。

小施的妈妈满脸堆笑地让孙志成在床沿坐下，拖了个方凳过来放茶杯，又喊小施："丽芳啊，你过来陪着志成啊，我去烧菜。"

小施挨着孙志成坐在床沿边，有点自傲感。

小施的哥哥递了支"大前门"烟给孙志成，自己也点了支，找了个玻璃烟灰缸放在方凳上，自我介绍说："我叫国方，是方方正正的方，属龙，比丽芳大三岁。你是叫志成吧？"

孙志成忙站了起来："是，我叫孙志成，属蛇，比哥您小一岁吧？"

"哦，听丽芳说，你在英雄钟厂工作，是坐办公室的，这很好呀。丽芳说你们准备结婚了？好呀，我很赞成的！家里实在是太小了，丽芳也该早点出嫁了。"国方吐着烟圈，自说自话。

孙志成突然对这个哥哥感觉不怎么好了。怎么能说是家里太小了，这是让妹妹早点出嫁的理由？何况，他与小施还没到谈婚论嫁嘛。

孙志成转身看了一眼小施，小施好像并没有觉得哥哥的话有啥不妥，沾沾自喜的表情溢在脸上。孙志成有点尴尬，坐在床沿边上的屁股挪了挪，离小施稍有了点距离。

国方没觉得孙志成有异样，继续问："小孙，哦，妹夫啊，你结婚有房吗？听丽芳说你们钟厂效益很好，是不是可以分配婚房呢？"

"婚房……"孙志成倒是真的没想过这个问题，也是因为没有说起过要与小施结婚什么的，只是"拍拖"吧？异性相吸？孙志成没觉得，广东话里的"拍拖"，是谈朋友呢，

第四章 重回上海

还是算谈恋爱？这突然说到要考虑结婚了，还叫他妹夫，倒是让他有些猝不及防的。

孙志成心里责怪着小施，从没说起过的事，让他如何回答呢？

蓦地，孙志成这才如梦初醒地想到，他今天这样毛毛躁躁地来施丽芳家，也没问清缘由。这算是"毛脚女婿"上门呀？自己也真的是糊涂啊！

孙志成一时犯愁，语气低落着："我家的房子也不大，才18平方米，厂里可不可以分配婚房，我没问过。"

"那应该赶紧问呀，早点结婚成家，事业有成，家庭美满嘛！不过你家18平方米也不小了，一隔二，做个新房也是可以的。"施国方像是他自己要结婚似的，替"毛脚妹夫"规划着。

饭后，施丽芳愉悦地送孙志成，妈妈、哥哥对孙志成挺满意的，自己更是满心欢喜。

孙志成却是狐疑着问小施："你是和家里说我们准备结婚了吗？"

"啊？不是吗？我俩当然是要结婚的呀！你难道不是这样想的吗？"施丽芳突然站停，脸色不悦地反问孙志成。

孙志成一下子语噎，心里反问自己：是啊，我不结婚，那和施丽芳一起看电影、逛马路什么的，是在干啥呢？顿觉无语。

小施并没有继续走："志成，你明天问一下钟厂，结婚有没有分配的房子？我哥也是等着我出嫁后，他也结婚呢，

185

恋爱都谈了三四年了,再不结婚,我哥说可能要吹了呢。"

"那你妈,你妹妹住哪呢?"孙志成觉得,这十几平方米,是住不下的嘛。

"这你不要操心,我妹他的男朋友是江东本地人,有房子。妈好像说过,如果住不下,她就回乡下老家去,她有退休金的,怕什么?我家里的一切,都是围绕着我哥的,儿子嘛!"

"哦!"孙志成这才听明白,她哥是急着要赶走两个妹妹,把妈妈赶回老家,腾出房子自己结婚啊!

"你妈回农村老家?快六十的人了,回老家咋过?"

"那有啥办法?这其实是我哥的主意。不过我妈也觉得,我哥的婚姻这样拖着,实在没面子。"施丽芳有些尴尬地说。

儿子要结婚,全家都要让出来?孙志成觉得这有些过分。

四、"打桩模子"

孙志成回上海后不久,瑞新也悄悄地回上海了。可问题是,瑞新的爸爸是在外地工作,没有什么政策能适合他,他也就没有了上海户口,更没有工作。这样晃荡了几个月后,瑞新找到了一个"财路",在华侨商店门口倒卖"华侨券"。

有海外关系的人,当收到海外亲戚寄来的外汇时,银行不能直接领取外汇,也不能换成人民币,只能折价成一种"华侨券"。但"华侨券"是不能在其他商店消费的,全市唯有"华侨商店"可以使用"华侨券"。所供商品是进口的高级音响、电视机、收录音机、手表,以及进口烟酒……握有"华侨券"的人并不需要购买这些商品,而是需要换成人民币。想买这些商品的人,特别是筹备婚事的人,急需要用"华侨券"买些高档商品,也能在新房中炫耀一下。

在上海,这个非法的职业被称为"打桩模子"或者叫"黄牛",是会被抓的,是违法的"职业"。每天傍晚,"打桩模子"在"联防队"或治安民警下班后开始,站在商店后门,用现金换进"华侨券",又卖给需要券的,这样一进一出赚取些差价。

瑞新回上海只是暂时之计,所以也没告诉孙志成。

有多少*爱*，可以重来

孙志成自从听了小施的话，下班后去了几次华侨商店。这天他终于看到了瑞新，瑞新正在角落里偷偷摸摸地数着大叠的钱。孙志成上去一把抱住了瑞新："哈哈！瑞新啊！你这是在干吗呀？你是什么时候回来的呀？"一下把瑞新给吓蒙了。

瑞新满脸的尴尬，把孙志成拉到一边，说是自己回来差不多有半年了，没有工作，可牌楼的老婆、孩子还是要养的呀，就先干这个行当了。

"这不是会被抓的吗？"孙志成看着瑞新，倒是笑了出来。瑞新的一身行头：上身深色西装，袖口上还留着标签，斜挎着个背包，腰上别着个传呼机，脚穿"阿迪达斯"旅游鞋。孙志成知道，这鞋在九江路有卖的，要一百多元一双呢！他觉得不可思议，瑞新这是活脱脱一个有钱人啊！

瑞新却是一副无所畏惧的样子，跟边上的同行打了个招呼，转身拉着孙志成就走："志成，我们去坐会儿。"边说边拉着孙志成，去了食品一店后面的"人人餐馆"。

"人人餐馆"并不大，但名声却不小，是上海最早的广式早茶餐馆。

夜晚的餐厅，仍是烟雾缭绕，人声鼎沸。孙志成扫眼望去，又笑了，这里的吃客，至少有一半人的穿着，竟像是标配似的：深色西装，袖口不舍得拆的商标和脚上的旅游鞋。或是脱了西装的，穿着"梦特娇"翻领真丝衫。他反而觉得自己有些格格不入了。

瑞新和邻座的人打着招呼，选了个桌子请孙志成坐下。拿了支铅笔在桌上的纸卡上圈画完，然后递给了服务员。服

第四章 重回上海

务员也是麻利地送上两套瓷茶壶、杯筷碟子什么的。瑞新接过,先将孙志成的杯筷用茶水烫了,再将自己的杯筷烫了,在各自的杯子斟了茶水,瑞新这才坐下。

孙志成看着瑞新这极其利落的一整套流程,突然觉得,自己完全像是乡下来的,而瑞新才是城里人。

服务员端上虾仁肠粉、蒸凤爪、荷叶包什么的茶点,堆了一桌。瑞新边呷着茶边聊了起来:"志成啊,我不像你命好啊!"说着,叹了口气,顿了顿,看着孙志成说,"你吃呀,我们是兄弟,千万别客气呀!"

孙志成也喝了口茶,一股淡淡的菊花香,混合着铁观音的清香,听刚才瑞新跟服务员说的粤语腔,点的茶叫"国普"还是"国宝"?他没听明白。

瑞新突然想起什么,又招了手,向服务员点了半打青啤上来,全打开,为孙志成斟满,又继续说:"我没后悔,婆娘其实人很好,儿子也很懂事。我上个月汇了钱去,是一千元啊,她这辈子就没见过这么多钱!"瑞新也是沾沾自喜地说。

"啊?一千元?你能赚这么多钱?"孙志成脱口而出。

"这个打桩模子的活,你知道是有风险的,但还是能赚些钱的,我们这些人,其实不单是倒'华侨券',还倒'良友''万宝路'之类的外烟,还倒美元呢!"瑞新说着,看了看四周的吃客:"这些人差不多都是,没有上海户口,就不能参加工作,但总是要吃饭的,也要养家养孩子的呀!"瑞新自己也倒了杯啤酒,一会儿啤酒一会儿茶,混喝着,像是喝着人生的甜酸苦辣。

有多少*爱*，可以重来

瑞新拉过本就坐在一旁的孙志成，附耳说："现在这样，我一个月赚个一两千元没有问题的，自己开销一半，另一半可以寄给他们娘俩。"

孙志成听得有点耳热了："如果我也学学这个……可以吗？"孙志成心动，怯生生地问。

"我俩是兄弟啊，当然可以的！不过你不能放弃现在的工作，你这是有劳保的呀，是铁饭碗呀！你可以试试，下班后，吃了晚饭再来，时间上差不多的。这里白天没生意的，到商店关门是九点半，回家睡觉，哈哈。不过你不需要天天来，毕竟这不是你的主业，你的主业必须要保住，是在钟厂，这是来之不易的啊！"瑞新告诫着孙志成，又信心满满地说，"这样，你工厂有一份工资保证，外面赚份外快，不出一年，就成万元户了！"

"你先拿这些样板回去，好好地认熟了。特别是美金，会有假的啊！"说着，瑞新从背包里拿出个夹子，里面夹着各种面值的"华侨券"和美元，甚至有假的美元，像是一整套的培训资料，递给孙志成，说："你什么时候来，先呼我一下，我回电了你再来，我们知道哪一天会有人来查。另外，如果遇到麻烦事，最好是跑，哈哈，你脚长，谁追得上你啊！"

孙志成像是小学生在听老师上课似的，一直恭恭敬敬地听着。

瑞新成了他这一生中第一个佩服的人。

几个星期后，如果你在华侨商店门口遇到孙志成，你可

第四章 重回上海

能已经认不出他了：西装笔挺，袖口上的标签是"金利来"的，内穿"梦特娇"T恤衫，脚蹬有个勾勾的旅游鞋，横挎着一个包包，已经完全是一副"职业打桩模子"的模样了。

孙志成下了班后先回到家，快速地吃了晚饭后，再更衣换装。这套行头花了他几个月的工资。但这是不能穿到钟厂去的，否则岂不穿帮了？

孙志成的爸妈好奇地看着儿子光鲜亮丽的样子，这是在谈朋友谈恋爱呢，还是……

孙志成编了套很能安慰爸妈的话："我最近很忙，下了班要代表销售科去巡视各商店、百货公司，视察座钟的销售情况，听取用户的意见，大概要十点钟回家，穿的这些是钟表商店的工作服。"编得名正言顺的，爸爸无语，妈妈只是说不要太累了。

其实孙志成已经多次来华侨商店门口踩过点了，也大致了解了瑞新他们的运作程序、进价出价等。经瑞新介绍，他也认识了一些这里的"同事"们，今天是孙志成第一次正式"上岗"。

有瑞新协助，孙志成还算顺利，第一天上岗，也就三个小时吧，竟也有了一百多元的净赚，孙志成开始踏进了"经商"行列。

与其他"打桩模子"不同的是，孙志成白天要正常上班，晚饭后兼职"经商"，"国营个体两不误"。

除了华侨券、美金兑换，孙志成还逐渐增加了普通商场里没有的进口高档组合音响、进口直角平面彩电、进口四喇叭收录音机等商品的代售。孙志成可以拿到成交价10%的佣

191

有多少*爱*，可以重来

金，因商品金额高，佣金很是可观。

很快，孙志成就成了腰缠万贯的"万元户"了。

孙志成不能天天去"打桩"，一是钟厂下班后偶尔会开会学习，二是华侨商店经常有抓"打桩模子"的，有好几次，幸亏他逃得快，才幸免于难。这毕竟是提心吊胆的事情，如果被抓起来一次，就会被工厂辞退，没了铁饭碗是绝对不行的。

五、志成的爸妈不是亲爸妈

1982年10月,经历了四年不咸不淡的"拍拖",孙志成与施丽芳结婚了。

英雄钟厂分配给孙志成一间石库门的二楼过街楼,12平方米。这在当时要结婚的上海青年来说,是非常幸福的事情了。

婚礼设在南雅饭店举办,孙志成有钱,婚礼办得光鲜亮丽、风风光光。

孙志成的爸爸是孙家大儿子,自然,孙志成是大孙子。宁波家乡的七姨八姑、京津的叔叔婶婶、堂弟表妹,以及孙志成的好友,悉数到齐。孙志成的爸妈手忙脚乱地招待着,喜气洋洋。

孙志成的妈妈说过,敬茶仪式时,她会送给媳妇一份礼物,是家里传下来的,孙志成也不知道是什么宝贝。

敬茶,是结婚喝喜酒前的一种风俗仪式,是新郎新娘向男方的长辈奉上一杯茶,长辈包括公公婆婆、爷爷奶奶。孙志成的爷爷早已去世,奶奶也在前些年去世了。敬茶仪式后,公公婆婆就接纳新娘为媳妇了,新娘也就正式开始称公公婆婆为爸爸妈妈了。

孙志成发觉,当新娘施丽芳向公公婆婆敬茶时,妈妈并没有拿出什么祖传宝贝,他也不好问妈妈祖传宝贝到底是什么,为啥没送给小施。

可是令孙志成不解的是,客堂上,爸爸妈妈端坐在上座,而叔叔婶婶也同样被安排在上座。这样,敬茶就要敬四杯。当然,新郎新娘也收到了长辈回茶礼的四份红包。

在婚礼宴席上,同样的,叔叔婶婶也与爸爸妈妈一起坐在上座。孙志成觉得,这是伯叔兄弟情深吧?他只顾着招呼亲朋好友,也没去多想。

可新娘子施丽芳却一直在孙志成耳边嘀咕着,不依不饶地拉着脸:"为啥你叔叔婶婶可以坐在上座,可以接受敬茶,而我妈妈却坐在另一桌?知道你们宁波人规矩多,可这不是欺负女方吗?"

孙志成心里也觉得有点怪怪的,妈妈曾多次唠叨过,说不喜欢丽芳,说丽芳说话尖酸刻薄……

孙志成知道,妈妈唠叨,小施也叨唠,两人可能是很难相处的,反正是分开住,只要见面客客气气的,也就随她们了。

可小施说的也没错呀,孙志成也从没听说过敬茶要同时敬叔叔婶婶的,这是什么规矩呢?他心里疑惑着。

小施是三班制的工人,上中班时,孙志成就回爸妈家蹭晚饭,妈妈也高兴儿子能回来吃。

孙志成接到瑞新的通知,知道今天不能去华侨商店,就在晚饭时与爸爸小酌。

孙志成突然想起婚礼时的疑惑:"爸,我明白叔叔婶婶一直待我很好,可为啥敬茶时,我们也要敬叔叔婶婶呢?"

第四章 重回上海

爸顿了一下:"这……"

孙志成却看到,妈妈悄悄地在向爸爸摆手,越发觉得有些奇怪:"爸,儿子也成家立业了,也没什么需要瞒着我的事了,我总觉得……这里是不是有故事啊?"

爸爸喝了口酒,沉默了一会儿,拿着筷子在手中旋着,却并没夹菜:"是啊,我也是想在你婚前告诉你的,可一是忙,二是家里人也多,不方便说。"

"志成,你京津的叔叔婶婶,是你的亲生父母啊……我是你的亲伯伯。"爸爸吞吞吐吐的,又喝了口酒,像是在壮胆。

孙志成猛地一惊,一双筷子掉落到地上。

"你出生在宁波西乡,那是1953年吧。你叔叔……亲爸。"爸爸不知怎么才能把爷叔转称为孙志成的亲爸。

"还是称叔叔吧,你才是我的爸爸呀!"孙志成心里很是清楚,不管怎样,他是爸爸妈妈养大的,虽然叔叔婶婶待他也是真的好。

爸爸脸上露出了微笑,妈妈紧张的脸也舒展开了,他俩很接受志成的这句:"你才是我的爸爸呀!"

"那年京津乱哄哄地开始了公私合营,你叔叔是钟表公司的小股东,婶婶也是正好怀了你,就逃回家乡了。

"你爷爷去世得早,我们一家是你奶奶拉扯大的,不容易啊!"爸爸说着,慢慢地站起身,去五斗橱里翻出了本黑色封面的照相簿,打开,翻了几页,看着早已发黄斑裂了的爷爷年轻时的相片和奶奶去世前的照片,轻轻抚摸着……

"你奶奶颇有老祖宗的威严,辛勤地操持着我们这个家。送我来上海学徒,又送你叔叔去京津接了你爷爷那一点微薄的产业。

有多少**爱**，可以重来

你姐姐是 1946 年出生的，生你姐姐时，你妈生了场重病，差点就没命了，病愈后就不能生育了。"爸爸说着，被妈妈的叹息声打断，停顿了一会儿。

"你奶奶是老派人，觉得孙家长子一定是要传承香火的。而这时，你亲妈……你婶婶，两年后又生了个儿子……是你的亲弟弟。

"那年你三岁了，是你奶奶带着。你奶奶与你在京津的叔叔商量，其实已经决定了，把你'过继'给了我。这样，在孙家祠堂的族谱里，我的儿子是孙志成，而你叔叔的儿子在族谱中是孙志远，是你亲弟弟。"爸爸说完，重重地呼了口气，"这些，我是应该早就告诉你的。是你奶奶不允许我说，而你在京津的叔叔也总是劝我，'说不说都一样，只要孩子能平安健康，快乐幸福就好'。"

妈妈一直默默无语地听着，再想起往事，突然就笑出了声说："志成啊，你小时候这个皮呀！弄堂里就数你啦。反正楼下有吵架啦、哭闹啦，都是有你的份呀！可现在……现在却已经成家了！"妈妈说着，笑着，拉着志成的手抚摸着，"志成呀，你奶奶临终前最大的愿望就是要个重孙啊，说是孙家的香火要老大家传承。我也想着，要早日抱孙子呢！"

孙志成支吾着，没法回答妈妈的问话。

"志成，不论你怎么想，是改口叫你亲生爸妈是爸爸妈妈呢，还是……你是成人了，你自己决定。但你要抽些时间去京津，要多去看看你的亲爸亲妈。"爸爸感慨地说。

孙志成云里雾里的，突然发现，他竟然有两个爸爸，两个妈妈。

可这"过继"是什么意思呢？

六、踏入商海

施丽芳告诉孙志成，她哥的工厂发不出工资了，每人发了几大包的针织衫和羊毛衫，算是抵两个月的工资了。好多国有工厂的工人下岗了，这日子咋过呀？

"发这么多针织衫、羊毛衫，有啥用呀？"孙志成不理解，傻傻地问。

"自己去卖呗，我哥去了宁海路市场，一个星期只卖掉了两件，换烟钱还不够呢。"小施哭丧着脸说，"你有什么办法吗？他毕竟是你大舅爷呀。"

大舅爷？想想也是。"可我也不懂这针织衫、羊毛衫什么的，我问问吧。"

不管怎样，施丽芳哥哥的事，是要尽力帮的。

钟厂销售部办公室仍像往日一样，围着前来要"英雄"座钟配额的百货大楼、钟表公司的采购经理，香烟味浓烈呛人。

市百商场的采购部曹经理塞了一条牡丹烟在孙志成桌下："小孙，有时间吗？我们晚上一起去喝个小酒？"

"哎，曹总啊，你也太客气了！"孙志成这才发觉，曹经理又送了条烟，"曹总，我不能收你香烟的，您坐，我也正有事求您呢。"孙志成想起了小施所托。

有多少爱，可以重来

"什么求不求的呀，见外了。"曹经理听了小孙说的事后笑了，"这根本不算是什么事嘛，你下班后把这针织衫和羊毛衫先各送两件到我办公室，我看看后再决定，可以吗？"曹经理爽快地说。

孙志成心里也是明白，当着曹经理的面在下个月分配额度的台账上，把英雄牌座钟的计划数增加了十台。

第二天，孙志成就打电话给施国方，将厂里发的代工资——几十套针织衫和卖剩下的男女羊毛衫，全部送去市百商场。一个星期不到，施国方就去市百商场收了全款，而且单价比施国方想卖的价格高出了许多，这把他给乐坏了，在施丽芳面前直夸这妹夫。

孙志成突然想到，这应该是一个正当的生意，不像"打桩模子"这种非法行当，会时时担惊受怕。而市百商场、永新公司都是孙志成的客户，如果他从工厂直接供货，商店直接销售，那……

每次都是客户请客吃饭，这次是孙志成第一次请市百商场曹经理、永新公司吕经理和新开业的申地广场胡副总吃饭，沈瑞新作陪。

酒过三巡，孙志成吞吞吐吐地想开口，却又觉得开不了这口，支吾着……

"哎呀，小孙怎么也变得婆婆妈妈的啦？"曹经理快人快语地催着，"我们都是好朋友，你有什么想法，需要我们一起做的，就说呀。"

孙志成抹了一下头上的汗，仍是支吾着："曹经理、吕经理、胡总，我是有个想法，如果不妥，就当我没说啊。"

第四章 重回上海

"哈哈哈!说就说了,不能当你没说过呀。"永新公司吕经理平时爱开玩笑,在酒桌上更是嘻哈随意。

"我……我,我想着,如果我将工厂的羊毛衫、针织衫批来,你们能卖吗?青山有好几家针织工厂、丝绸工厂,产品都卖不出去,工资也发不出,我想试试看。"孙志成终于把想说的话说了出来。

"哦,"三位经理同时笑了,"你这是要亲自参与,是想要长期做这生意呢?还是就短期的,一次就搞定的?"曹经理问。

"我想……可不可以长期做?怎么做?如果赚钱了,我们一起分……"孙志成把最后一句,也是最重要的一句话吐了出来,憋出了一头汗。

曹经理看了看吕经理和胡总,认真地说:"小孙,我们明白你想做什么了,这想法你应该算是超前的,也是可行的。"曹经理点了支烟,继续说,"深圳改革开放后,上海商业也在这方面做着探索。以前我们是把商品采购进来,都是商店自己的营业员,自己销售。上个月我们商业局出了个红头文件,各商店可以试行以'柜台出租'的方式,以减轻国营商店的存货压力,改变盈利模式。你是不知道啊,老百姓都觉得,南都路上的百货公司是什么都能卖出去的。这是因为南都路的人流量太大了,南都路的店面,平均商业销售额在全国来说遥遥领先。殊不知,各大商店的商品库存量积压得也是吓人,占用着很高的流动资金啊!"

曹经理又看了看在座的二位经理,见他俩点头,继续真诚地说:"小孙,我们都信任你的为人,我们也都是多年的好朋友了。我们不谈'英雄'牌座钟,这和钟没关系,也和你现在的工作没关系,对吧?"

曹经理吃了口菜,继续说:"小孙,每个商店的制度不同,永新和我们市百商场差不多,你们申地是新开的,是要高档些的商品才能进店销售吧?"边说边看了下申地的胡副总。胡总接话说:"这要看商品,质量好的,能受市场欢迎的,也是可以的。"

"那好,这样吧,小孙,一行有一行的经营方式。你也需要有个入门学习和熟悉的过程。简单地说,你租赁我们的柜台,柜台是按个算租金的,你实地看一下,看看需要几个柜台。我觉得,你一开始先租两个,我会给你个好位置。货是你的,营业员是你的,或许你也可以聘请我们的营业员,她们有经验,知道怎么让顾客欢喜又满意。当然,你如果设有业绩奖励什么的就会更好,这些我会叫我们的营业经理协助你。随后,你需要有一个工厂的营业执照,你是工厂的,而不是个体,我们只能与企业签合作协议。租金是三个月一付的,是需要预付的。"

"营业执照?"孙志成对曹经理所说的都极为满意,只是这营业执照,倒是没想过。

"这个营业执照,我就借用青山工厂的,他们是国营的,行吗?"孙志成脑子一转,脱口而出。

"当然可以啦!这样,你就不是个体户,而是'红顶商人'啦,我们也容易操作,容易合作。"曹经理又理性地说,"你稳妥一点,先在市百商场开始,知道怎么做了,能盈利了,能运转了,第二步再永新或申地吧?"

第四章 重回上海

孙志成一直"嗯嗯"着,老老实实地听着。他心里太感谢曹经理直率又理智的分析和安排,也深深地被曹经理对经营理念深入浅出的解说所折服。他心里明白,自己是遇上贵人相助了。孙志成认真聆听着,在笔记本上记着。

第二天,孙志成请了假,与施国方、瑞新一起去了青山针织厂。

厂长听施国方说过他妹夫将针织衫送入市百商场,几天就销完了的事。厂长自己去过市百商场、永新公司,也去过南都路上的各家针织商店,求爷爷告奶奶似的,却根本没人理他。

今天是施国方他妹夫亲自登门,这不比皇上驾到还重要吗?他亲自在工厂大门口,带领着工厂销售科及各科干部,恭迎孙志成到来。

效率极高,孙志成毕竟也在钟厂销售科混了这么些年了,合作协议、产品出厂价、代理协议和营业执照使用等手续,在不到两个小时内全部搞定。但孙志成考虑到自己有本职工作,向厂长提出,他本人不出面,协议由沈瑞新代表签署。可厂长却要求,不管孙总你请谁代表,我只认你的签字,没你的签名,任何合同、协议、提货单等,我都不认可。没办法,全部协议的签署人只能是孙志成自己。

厂长完全明白,知道孙志成是在国有企业工作的。但如果这事没有孙志成,厂长不相信会顺利达成。厂长明白,这事将会救活整个工厂,救活二三百号员工!

厂长顺水推舟,看着孙志成,对施国方说:"小施,从

有多少*爱*，可以重来

今天开始，你任销售科副科长，主要工作是对接孙总的市场布局和配合供货。货款嘛，三个月一结，先拿货后结款。"

在厂长口中，孙志成莫名地成了"孙总"了。

弄得施国方浑身轻飘飘的，很是得意。

孙志成更是暗自得意，自己其实是"空麻袋装米"，这"先拿货，后结款"真正解决了孙志成最为担忧的事——不用先垫钱。其实孙志成也没有多少流动资金可以垫，又是三个月一结，这大大解决了孙志成的资金周转问题。

从1988年起，孙志成白天在钟厂工作，休息日或是下班后则忙碌于市百商场、永新公司、申地广场。

郊区的其他几家服装厂、针织厂，也都逐步成了孙志成的供货商。手握着"大哥大"，腰挂传呼机，孙志成在南都路上，也成了"风云人物"了。

孙志成从这一刻开始突然感悟：有志者，事竟成！

哦！孙志成名字中的"志成"，不就是"有志者，事竟成"吗？

七、重逢在雨中

那是1992年初夏的一个下午，孙志成骑着摩托车，忙碌地穿梭在南都路上。突然，天气说变就变，暴雨如注，孙志成躲避不及，浑身被淋得湿透，只能停下车，从挎包里翻出雨衣穿上。

雨越下越大，雨珠砸得眼睛都睁不开，不能开车了，孙志成躲进"老介福"门口的屋檐下避雨。一边脱下雨衣抖水，一边抹着脸上的雨水。

可能是抖雨衣的幅度大了，孙志成听到"哟"的一声，是孙志成抖雨衣的雨水溅到了一个女同志的身上了。

可这声音竟如此熟悉：糯甜中带着一丝丝的苏州口音！他猛地抬头，看到的竟是文雯！她撑着伞，站在大楼屋檐下避雨，将近十八年没见了的文雯！

"文雯……"孙志成大声呼喊！

当文雯猛地看到脸上身上全是雨水的孙志成时，惊讶地张着嘴，一时说不出话了。

"你……这么大的雨……你怎么……会在这里？"文雯激动地结巴道。

孙志成一把抱住了文雯！又瞬间觉得不妥，立刻松开了手："我……是雨太大了，我避避雨。你怎么会在这里？

有多少*爱*，可以重来

你还好吗？"

"你还好吗？"这句话在孙志成心中，一直是反反复复地问。

文雯顺手从包里抽出条毛巾，为孙志成抹着脸上的雨水："我还好。我听说你顶替岗位回上海了，还好吗？"

这毛巾透着温暖，沁入心肺！孙志成一把握住文雯的双手，两双手合在了一起！四只手握着一把伞！两人面对着面……

文雯的脸颊蓦地红了。那种软赧娇羞、轻怜痛惜之情，孙志成竟是难以形容。

十八年了！这双柔软的小手，已经有十八年没握过了！

文雯羞怯地挣脱开："志成，你顶替你爸爸的岗位，是在钟厂工作？今天不上班吗？"

"是，我在钟厂销售科工作，今天正好出来办事，竟下这么大的雨。"说着，他从挎包里抽出张印有"英雄钟厂销售科"的名片，又在名片背面写上了电话号码："这是我的电话号。"递给了文雯。孙志成没说在南都路上做生意，怕不好解释。

"一起吃个饭好吗？"孙志成站在文雯的伞下，看了看手表，已经四点多了。

"我没时间了，不吃了吧，谢谢你。"文雯推托着。

"也快五点了，一起吃个饭吧？"孙志成坚持着说。

"不要了，我要赶去医院，儿子在住院……"

"啊？你儿子怎么啦？多大了？"

"孩子七岁了……"文雯顿了一下，没说儿子得了什么

第四章 重回上海

病,"我是在等出租车,现在就要走了,下次有机会的吧。"文雯看着手表,急着起身。

"这……这,我送你吧?"孙志成也觉得文雯是急着要走。

商店门口,刚停下一辆出租车,孙志成就急着拦了下来,塞给司机一百元车费,又从自己的挎包里摸出一个鼓鼓的信封,塞进了文雯包里。文雯着急地上了车,向孙志成挥了挥手。

上了出租车后,文雯才发现,孙志成的信封里装着两千元钱,这怎么能收呢?第二天,她打电话给孙志成,要他取回钱:"志成,你的心意我领了,谢谢了,但我肯定不能收你的钱。"文雯看了看孙志成留下的名片上的地址,说,"你若不来取,我明天去邮局寄还给你。"

孙志成根本就没把这两千元当回事,却在电话那头说:"文雯,你定个时间,我们一起吃个饭。或者,你如果没有时间,我们一起坐坐,喝个咖啡也可以,我有好多好多话想说……"

"不行呀,我平时很忙,家里也忙。再说,出来见面也是不妥的。"

孙志成一下愣住了,任由文雯挂断电话,仍握着"大哥大"继续木呆着……

是啊,文雯早已有家庭了,我再缠着她干吗呢?

心,再一次被冷冻……

205

有多少*爱*，可以重来

八、孤独的家

随着下岗的潮流，施丽芳失业了。

好在小施依仗着孙志成腰缠万贯，生活完全是无忧无虑。

孙志成的妈妈一直看不惯这个儿媳妇，一遇到孙志成就抱怨："结婚都几年了啦，连个孩子都不生啊！天天买新衣服、新包包，弄得花枝招展、晃来晃去的，哪有这样好吃懒做的老婆呀！"

孙志成觉得小施闲着，可以帮自己去看看南都路商店的柜台，做做营业员的。

小施知道孙志成在南都路上的几家大商店有柜台，都是长期租着，也听哥哥说过孙志成很赚钱。但平时自己有足够的存款，有钱花，有新衣服穿，不愁吃不愁喝的，再去干这些事，是大可不必的。但现在下岗了，天天闲着也是难受，就答应了孙志成的提议。

在永新公司二楼的针织服装部，孙志成租了三个柜台，都在电梯口附近。柜台展架上，针织衫、羊毛衫、西服、西裤，摆放得整齐得体，吸引眼球。

沈瑞新站在柜台外，西装笔挺，皮鞋锃亮，俨然一副商店经理的架势。他猛地看见孙志成带着施丽芳来，欣喜迎上，

第四章 重回上海

说:"啊哈,欢迎老板娘指导工作!"

孙志成白了瑞新一眼。他平时见到小施是叫嫂子的,今天骨头有点轻啊!叫什么老板娘呢?

施丽芳听到瑞新称自己为老板娘,春光灿烂地笑着点头,很是受用。

是啊,这些生意都是孙志成的,这些营业员,包括沈瑞新,都是为孙志成打工的。包括在市百商场、申地广场租赁柜台的营业员和柜台组长,这些人都是为孙志成打工的。孙志成是老板,我当然是名正言顺的老板娘了呀!

老板娘施丽芳跟着孙志成和瑞新,又一起"巡视"了市百商场、申地广场的租赁柜台。施丽芳感觉极好,也后悔自己没有早些关心老公的生意。

孙志成照旧要去英雄钟厂上班,他跟瑞新说:"小施来当营业员,你请柜台组长带带她。"

施丽芳从第二天开始就去了永新公司试着当营业员。但施丽芳耐性不足,又心高气傲的,遇上顾客挑三拣四就耐不住性子,不给人家好脸色了,结果就是生意不成、顾客不满。

瑞新觉得小施不合适,也没必要来做营业员。于是,他劝老板娘,平时有时间,下午来看看,关心一下就可以了。在瑞新眼里,老板娘来,反而坏了生意,还不如不来好些。

施丽芳自己也觉得,堂堂的老板娘,来当营业员,不是失了身份?

她哥施国方则是责怪妹妹笨。什么是老板娘?老板娘就是先要把钱捞在手中的呀,去做什么营业员呢?一句话点开

207

了施丽芳锈蚀般的脑袋,是啊是啊,我去当啥营业员?是应该去管钱的呀!

施丽芳开始进入了老板娘的角色,巡视检查各个商店柜台的营业台账、销售毛利和现金流水。

钱是个好东西。施丽芳觉得,这生意是自家的,每天的利润也是自家的。自家的,不就是我的吗?

一开始,她见申地广场、永新公司有时装和包包,拿了营业款就去买。逐渐地,每天的营业利润,就理所当然地直接装进她的口袋了。

孙志成毕竟是国企员工,每天还要去工厂。自从广东产的石英台钟、壁钟、挂钟,凭借着物美价廉、不需要上发条、走时又精准、品种多样又美观,冲击着全国市场,使风光无限的"英雄"牌座钟失去了顾客的青睐,"英雄"牌座钟的销售量开始明显下滑。厂长不思进取改革,却每天骂骂咧咧地盯着销售科。这样,孙志成更是很少能请假出来,因而没有时间去管南都路上的生意。晚上去了,也只是和瑞新及营业员客套几句。孙志成一直信任瑞新的管理,瑞新做得的确是非常好的。

几个月后,瑞新觉得每月连发工资的钱都给老板娘卷走了,这才支支吾吾地在电话里说老板娘怎样怎样。孙志成这才醒悟过来,骂了沈瑞新:"你是三个商店的经理呀!我什么时候说过小施可以管钱了?"下班后,他赶紧去柜台看。一查账,孙志成气不打一处来,劈头盖脸地痛骂了瑞新一顿。

回家后,其实已经很晚了,小施竟不在家,大概是去"百

第四章 重回上海

乐门"跳舞了。

孙志成憋着火气,冷菜冷饭塞了几口,想知道小施把营业款藏哪了,翻箱倒柜地找。

钱倒是没找到一分,却看到了施丽芳在红房子医院的泛黄的妇科病历卡。孙志成翻看着,他从来不知道小施去看过妇科。

看着看着,孙志成愣住了!病历卡上记载的,施丽芳在结婚前就已经确诊了"先天性子宫和卵巢发育不良",结论是"先天性不育症"。

孙志成惊呆了!这……

妈妈三天两头催问着孙志成,小施怎么不生?是不是有什么病?我再不抱孙子,快要进棺材啦……

孙志成脸上无光,别人家小夫妻的孩子都已经到了可以上学的年龄了,我却是……

多少次被别人问起,孙总啊,你孩子多大啦?每一次,他都觉得自己窝囊,耻辱……

小施还责怪他,说生孩子是两个人的事,不能全怪她呀!志成从没觉得自己有什么"故障",但小施这样说,也不无道理。孙志成也只能硬着头皮,偷偷摸摸去看过几次不育症专科,结论却总是没问题。孙志成也催过小施几次,让她去检查一下,可是小施说,检查结果是正常的。

日复一日,年复一年的,他俩就是没有孩子,别说他妈一直唠叨着,背后一定也有很多人在指指点点啊!

孙志成今天才如梦初醒!施丽芳得了不育症,是不会生育!还瞒着他,叫他去检查!

有多少爱，可以重来

他怒火中烧！一支接着一支抽烟……

小施却哼着小调，衣着光鲜地踏进家门。

孙志成猛地一把掀起桌布，桌上的剩菜剩饭连着碗筷什么的，瞬间砸向了施丽芳！把小施吓得魂飞魄散，杵在了墙角！

"你……"孙志成怒不可遏，手中摇晃着病历卡怒吼，"你自己不能生！骗了我这么多年！还……"他一把将病历卡砸向了施丽芳！

施丽芳嚅动着嘴唇，却是说不出话来……

"你是老板娘啦？谁叫你去拿营业款的？还越来越贪心，全卷走啦？钱呢？柜台费不用付啊？工资不用付啊？提成不用付啊？"

施丽芳瑟瑟发抖，蜷缩在墙角支吾着："钱……钱被国方借去了……他说准备买房子。他……他说如果没有他的帮助，你是赚不了这么多钱的……他说他也应该分享一点的……"

孙志成狂怒！顺手搬起了柜子上的那台21寸平面直角电视机，向小施砸了过去！

小施一闪，电视机砸在了门上，"嘭"的一声巨响！碎玻璃、破塑料飞得满屋都是！把房门砸了个窟窿！

半夜三更的，把熟睡着的邻居们都吵醒了，大家纷纷指责孙志成打老婆！

孙志成根本不管邻居们的抱怨，指着施丽芳的鼻子："明天去办离婚吧……"说着，怒气冲天地摔门走了。

第四章 重回上海

孙志成知道，给了她哥的钱，是要不回来了。施丽芳是下岗工人，也赶不出去的。在离婚协议中，孙志成同意把原本是英雄钟厂分配到他名下的唯一的住房，所有家具、用具和施丽芳手中的存款，全部留给她。

孙志成净身出户，开始了独自一个人的生活。

墙上的销售图表，每个月的销售数字都在下滑，销售科近二十来个业务员，每天一张报纸、一杯茶地打发着时间。往日的人声鼎沸不见了，满脸笑容的客户不见了，整个工厂一片萧条。

孙志成仍是去工厂打卡上班，每天就这样在办公室晃悠着，没了以前的忙碌，没了以前的欢声笑语，每天混着日子，每月拿着越来越少的薪水。

而沈瑞新每年的春节是要回安徽天河过年的。牌楼村没有学校，孩子上学要走到陇南乡。瑞新就在县城买了房，把老婆孩子接到了天河县城，这样，孩子上学就方便多了。

英雄钟厂也开始发不出工资了，车间工人开始分批下岗，工厂里每天都充斥着下岗工人的哭喊吵闹声，办公室的员工也是心慌意乱的。

瑞新回安徽过年，孙志成就要抽时间去南都路上的商店了解销售情况，要去青山进货，反而更加忙碌了。等着被下岗，还不如自己提出辞职，这样还有一笔工龄补偿和退休金。于是，孙志成向工厂提交了辞职申请。

孙志成离婚后，又住回到了爸妈的家，和爸妈一起挤在

有多少*爱*，可以重来

转不开身的蜗居里，每天早出晚归着。

上海的人口在大幅度地增加，住房却一直没有增加，老百姓一直是挤在破旧不堪的老房子里居住着。

上海刚开始有了商品房出售，但刚开盘的商品房因粥少僧多，紧缺稀少。孙志成寻觅了足有半年，四处奔波托朋友、找关系，终于买到了两套二房一厅的电梯房。一套自住，另一套装修后，把爸爸妈妈接了过来。两套房子离得不远，孙志成也方便蹭饭。

市百商场边上新建了一栋大楼，命名为市百新楼，然后，中外合资了。永新公司也由外商入股变为合资了。原来的柜台出租方式也被取消了。

孙志成也只能依依不舍地结束了近十年的专柜租赁销售，陆续结束了商场的全部生意。

孙志成突然觉得：辞职了，不上班了；不去商场了，也不用去青山供应商的工厂了。没有了应酬场上交盏的热闹，也没有了营业员的恭维，围着他叫"老板"的风光，更没有了青春洋溢的奋斗年华了。

一个人，一个家，空落寂寞。孙志成每天早睡晚起，百无聊赖地抽烟喝酒。翻看着老名片，回想着当年生意场上的相互帮衬和曾有过的尔虞我诈。或者翻看照相簿，同学的、朋友的、出差的、旅游的……还有一张撕成两半的黑白相片，是文雯……

人生很奇怪，没结婚成家前，同学、朋友经常串门往来，经常小聚,喝酒聊天。一旦成家后,也不一定是老婆拖后腿,但走动自然而然就少了,不聊不聚了。特别是当孙志成婚后多年没有孩子,而同龄的朋友、同学见了面就夸自己的孩子多聪明、多可爱,孙志成更是不愿意聚了。加之又要上班,要做生意,去青山工厂,磨盘似的不停地忙碌着,就好像自己已经没有了同学,没有了朋友。

小区门外新开了间棋牌室,几个朋友相约着,搓麻将或是斗地主,倒是排解了寂寞,使孙志成有了打发时间的去处。

渐渐地,孙志成几乎是沉迷于棋牌之中。午饭后开始,一直战斗到午夜,孙志成几乎是天天泡在烟雾缭绕的棋牌室里,荒废着人生。

人未老,心已衰。

5

第五章 天长地久

第五章 天长地久

一、同学聚会

浦泾中学七二届一班，在毕业四十四年后的 2016 年 1 月，在"梅园邨酒家"第一次相聚。

离别曾少年，再聚竟白了头。

"啊呀，你是思领呀？怎么已经聪明绝顶了？"

"哈哈，侬倒是童颜白发啊。"

"嘿，你是'外婆'呀？做外婆了？"

"还叫我'外婆'啊？哈哈，不过我已经当奶奶了。"

"啊哈，你没变，还是在学校时的样子嘛，只是沧桑了些。"

同学们相互嬉笑着，握手，拥抱，问候……

餐厅包间门口，站着一位白净瘦高的男同学，眯着一条细缝似的眼睛，挂着两条长寿眉，微笑着扫视包房内已经到了的同学们。是想要忆起每位久别同学的姓名？或是在找谁？

"啊呀，是'长脚'啊？"

"是啊是啊，四十多年没见啦，我还是能认出每一位同学的。好想你们呀！"孙志成站在包房门口。

"啊呀，'长脚'啊！"众多男同学一起过来，握手，拥

有多少*爱*，可以重来

抱……

孙志成一边和同学们打着招呼、拥抱、握手，一边扫视着女同学那一桌，并没有急着入座。

四十多年后的第一次聚会，人明显没有到齐。已经到了的男女同学，分别坐了两大圆桌。

也是奇怪，他们在中学时期，虽在一起同窗有三四年，男女同学间却很少说话。四十多年后的聚餐，竟仍像有道"三八线"似的，各归各座。

"哈哈哈，'长脚'呀，文雯已经到了呀，你咋还不好意思啦？"

"呵呵。"孙志成笑着，明显是一副心不在焉的模样，眼睛眯成一条缝，时不时地瞄一下女同学那桌。

"哎呀，'长脚'侬过去敬个酒呀！愣着干吗呢？"男同学们都起着哄，把孙志成弄得站也不是、坐也不是的，竟然害羞了。

男同学们依旧哄笑着，推着孙志成："阿米尔，冲呀！哈哈哈！"

全班同学都知道，孙志成和文雯，在初中即将毕业期间，曾经是牵过小手，谈过恋爱的。只是家长不同意，毕竟年龄还太小，又遇上毕业分配。

毕业后，两人就各奔东西了。孙志成去了安徽，文雯留在上海当了医生。

孙志成端着酒杯，顺水推舟地站了起来，仍是一副羞答答的模样，脸上放着红光，眼里洋溢着快乐！他缓步走到文雯面前，轻声说："你好吗？"引得女同学们一阵哄笑！

第五章 天长地久

"文雯，孙志成来敬酒了！"

女同学们推拉着文雯，竟把文雯闹了个大红脸，握着酒杯，婀娜地站起身。

"干一杯！干一杯！"男同学们一起喊着，女同学们也一起跟着起哄！

"哈哈哈……"

文雯轻轻地说了一声："谢谢！"

孙志成有些慌乱，他好想对文雯说："我好想好想你……"

可却手足无措，只有两个酒杯轻轻地触碰。

孙志成一口喝干了杯中酒！

是甜蜜？是苦涩？五味杂陈，尽在酒中，或是在心里……

再深深地看了文雯一眼……

有些魂不附体地走回去落座……

"啊？你就这样回来啦？"一旁的思领笑着，"你也不问问文雯过得好吗？"

"我问了，她没说呀。"

"你笨呀，听说文雯离婚好几年了。"

"啊，真的？你为啥不早说？"孙志成腾地跳了起来！

"你也是离婚多年的单身汉呀，机会多好呀，忘了在学校时拉过的小手啦？"思领半真半假地怂恿道。

"……"

孙志成冷寂的心，一下被思领的几句话点燃了！

"思领，你说文雯已经离婚，是真的吗？"

有多少**爱**，可以重来

"这不能乱说的呀。"思领理直气壮地说。
"……"

从1972年初中毕业，同学们各奔东西，那时候才十八九岁。今天是第一次相聚，分别四十四年了，竟都是六十多岁的老人了。大部分同学已是头发花白了。

青春谱华章，

有幸曾同窗。

四十四年后，

聚首话沧桑。

聚餐结束，男同学仍有说不完的过去，道不尽的沧桑。孙志成一起聊着，心却是魂不守舍，看着女同学陆续散去，看着文雯和几个女同学说笑着走出餐厅。心里好想追出去，又碍于男同学会笑话，只能眼巴巴地看着文雯和女同学一起走了。

二、电话情缘

文雯已经离婚多年了？

文雯和她爸爸两人一起过？

那不用说，文雯一定是不幸福的，也一定是不快乐的。

孙志成回到家，懒散地斜靠在沙发上，想着刚才思领说的话。

看了看时间，已经是晚上十点多了，文雯睡了吗？

文雯早已离婚了？那我打个电话应该是可以的吧？孙志成腾地从沙发上跳起，壮了壮胆，拨打了文雯的电话。

"文雯吗？睡了吗？有没有打扰你？"孙志成小心翼翼地问。

"没有啊，我在看下午聚会的照片，大家都老了啊，好几个同学的名字都对不上号了，变化真大啊。"文雯好像还沉浸在下午同学聚会的兴奋中。

"你没咋变呢，仍是那么……年轻……漂亮……"孙志成甜言道，但心里也一直是这样觉得的。

"还年轻啊？一晃就六十多岁喽！岁月不饶人啊！"文雯感叹着，问孙志成，"聚餐时只顾着聊天了，你好吗？"

"我？我去了安徽五年，那日子真是苦啊……回上海三年后，与同去安徽的一个姑娘结婚了，1990年离婚……现在退休在家，一个人过日子。"孙志成结结巴巴概括了自己的大半生。

"孩子多大了？"文雯吃惊，又弱弱地问了一句。

"没有孩子……她是不能生育的，却一直瞒着我……"孙志成最怕别人问他孩子多大了，赶紧岔开话题，"听思领说，你也早就离婚了？怎么了？"孙志成不知道真实情况，只是听思领这么一说。

"我……"文雯的声音低沉了下来，"我是在1984年结婚的，孩子出生后，被诊断为'先天性肌无力症'，孩子他爸接受不了，我们就在2002年底离婚了。"文雯在诉说着她的经历时，孙志成能听出，是充满着伤悲的。孙志成的心情随着文雯的倾诉，一同伤感着。

"什么是肌无力症？会怎样？"孙志成从没听说过这样的病症。

"就是'渐冻人'，有听说过吗？"

"渐冻……人？不知道呀，会怎么样呢？"孙志成真的没听说过，也不懂。

"就是整个身体基本上是僵硬的、无力的。我家的超超也是这样，现在只有手指和眼睛会动，但他非常聪明，能编写程序、翻译日文、创作作品，懂很多，也做得很好。"文雯伤感中带着骄傲。

"哦，是不是像一个人？叫霍金的？差不多的病？"孙志成想到有这样一个外国人，电视中经常有报道，懂天文地理什么的，很厉害。

"是的。超儿刚出生时，医生说活不了几年的，不过现

第五章 天长地久

在还是好好的……"文雯说着，声音却是低沉的。

"文雯，自从那次我俩在南都路上遇见过，又相隔了二十四年了。二十四年啦！我一直惦记着你呀……"孙志成说着，哽咽了！

文雯也深深地叹了口气。

"二十四年前的那一天，我约你一起吃个饭，可你拒绝了……我现在还是想约你一起吃个饭，可以吗？"孙志成小心地说，生怕又被拒绝。

"嗯……好呀。"文雯想了想，答应了。

两人一直聊着，天已蒙蒙亮了，两人诉说着过去，倾诉着埋在心里四十多年的情愫……

有多少*爱*，可以重来

三、撕碎的相片

时隔四十多年后的今天，孙志成再一次站在文雯的小区门口。

在离文雯家不远的餐厅，孙志成订了个小包间。

两人举杯，四目相对。此时此刻，孙志成不禁百感交集，潸然泪下！

多少个年年岁岁，多少个日日夜夜，孙志成心中心心念念的，就是"文雯"这个名字！他曾多少次在心里问：文雯，你过得好吗？

孙志成缓缓地从挎包里拿出一个大信封，放在文雯的面前。

里面有几张已经泛黄了的照片，第一张已经被撕成了两半……是文雯和孙志成在照相馆拍的合照。

另外几张，是孙志成和文雯在中学时期去公园时拍摄的。

孙志成又打开了用作业本写的情书，那是他第一次写给文雯的情书。歪歪扭扭的字迹上，留着早已干涸了的泪痕，是被揉捏过的，又按压平整的痕迹……

"你……你还保留着……"看着这熟悉的相片，这熟悉的情书，文雯两眼闪着泪光，哽咽着，激动得说不出话……

第五章 天长地久

"这……是我走后第一次回上海看病,你约我在音乐厅广场见面……你还给我一沓我写给你的信,你跟我说……然后,我回家就把这张双人照撕了……把信也揉了,想丢了……但还是没丢。这些撕碎了的相片和信,像是揉碎了的心,揉碎了的岁月……陪伴了我四十多年……"孙志成感慨万千,长长地叹息了一声。

"那天……我从卫校回家,我爸不知道从哪里听说的,说你已经回上海了,然后拿出一沓没有拆开过的,你从安徽寄来的信。我大吃一惊,与爸爸争吵了起来,他没理由扣下我的信的。"文雯回忆着那天的情景,凄惨地说,"爸爸有哮喘,争吵让他旧疾复发,喘不过气来。爸强硬地要求我,把这些信退还给你,与你分手……如果我不答应,我爸……"

文雯停顿了一下,双目无光地看着餐厅的屋顶:"自从与你分手,我上大学,工作,那十年里,我没有谈过男朋友,直到与你很像的马志东出现……"文雯轻轻地抚摸着已经撕成了两半的照片,泪眼婆娑……

孙志成看着文雯在试图拼上两半的相片,心潮起伏:"文雯……我好想好想把这张照片再拼合,拼成一张……没有你的日子,我没有快乐过……我们再也不分离……我们再也不分开!可以吗?"

文雯抚摸着相片的手,突然颤抖了!文雯的心,也颤抖了……四十多年了!这张相片,发黄了,有裂痕了,被撕碎了……还能拼在一起吗?

"志成……我们都老了,经不起再折腾了……"文雯看着孙志成,两眼闪烁着一丝期望的光芒……

"当然可以呀！我才63岁，你才61岁，我们后面的路还很漫长，还可以很美好！还可以很幸福呀！"

"你容我再想想，虽然儿子是判给他爸爸的，现在是他爷爷奶奶带着，但我还是要去照顾的。我还有爸爸要照顾……"文雯柔弱的声音中，喜悦中闪现着不安。

孙志成极快地说："这不是问题呀，我们可以一起照顾你爸，一起照顾超超，是叫马超吧？两个人照顾总比你一个人奔波劳累要好些吧？"

文雯沉默着，没有直接回答。

"下午你有什么事吗？"饭后，孙志成问文雯，"我想我们一起去旧地重游一下。"孙志成调皮地卖着关子。

"旧地……随你吧。"文雯觉得，中学时期也是孙志成安排着去看电影，去公园，去音乐厅广场，文雯也是跟着孙志成的。

孙志成牵着文雯的手，乘车到了江边轮渡码头。文雯瞬间明白了他要去哪了。不过，现在的轮渡船已是今非昔比了，座椅整洁，空调舒适，像是艘游船。文雯兴奋地说："在浦泾中学读书时，乘了四年的轮渡船，离开浦泾中学后，真是没乘过轮渡船呢。"

下了轮渡船，孙志成拉着文雯，可是，曾经走了四年的去浦泾中学的路竟找不到了。时过境迁，只能在高楼大厦下穿梭着寻找，才到了"浦泾中学"。

正值寒假，学校里并没有师生。门卫老伯的年龄可能比孙志成小吧？听说是浦泾中学七二届的毕业生，很客气地请

第五章 天长地久

他俩进了学校,还加了一句:"学校的博物馆可能开着,应该有值班老师在。"

学校已经大变样了。孙志成和文雯环顾着校区,教学楼都是新建的,原来捉蟋蟀的农场已经没了,操场依旧很大,保留着原有的足球场、篮球场和跑道。宿舍楼还在,被装饰得很整洁。游泳池在,体育馆也在。

曾经是青春年少,再来已是两鬓斑白。

孙志成牵着文雯的手,走进了宿舍楼,两人都很兴奋。"我住在204,曾经和金明上下铺的,还有星跃,他特别调皮啊,老师看着都头疼……游泳池还在呢,记得二班的小刚,从二楼窗口往游泳池里跳,结果腿骨骨折,还算是命大呢……"孙志成兴奋地手舞足蹈地比画着。

"我们女生住在四楼,我和田甜住同一个宿舍,还有应芳,还有……哎哟,想不起来了。田甜也皮啊,在农场疯玩,被麦芒刺了眼睛,可把我们吓坏了,她的眼睛从此落下了病根……"文雯也是兴奋地回忆着学生时代的点点滴滴。

"这里原来是食堂,还记得打饭的那个阿姨吗?哈哈……我用土块砸她的屁股,结果被批评,说我耍流氓……"孙志成仍耿耿于怀。

"哦,是啊是啊,你被批评的时候,我们还在台下一起喊着口号呢,哈哈哈!"文雯笑着说。

"往事不堪回首啊……其实按当时政策,我最多是去农场……"孙志成感慨着。

"门卫说有个校史博物馆?学校有博物馆吗?"文雯边找指引牌边问孙志成。孙志成已经看到了,一幢近似石库门

有多少*爱*，可以重来

结构的老洋楼，原来这里是学校的办公楼。

博物馆有位戴着眼镜的年轻女老师迎了出来："你们是……"

"呵呵，我们是七二届的学生，可以参观一下博物馆吗？"

"哦，七二届啊？我还没出生呢！哈哈，进来看，进来看吧。"

校史博物馆不大，从校训、校歌、历届校长，到学生毕业集体照……照片和实物，应有尽有。

孙志成和文雯凑近玻璃展示柜，浏览着校史。这些资料在他们上学的年代大部分都是封存的。

蓦地，文雯看到了一张旧照片，是孙志成！是孙志成站在操场台上，手捧着奖杯的照片！

"啊呀！这是你呀！"文雯欢呼了起来！

"咦，真的是我！这……这应该是初二时学校组织的运动会吧，我得了1500米赛跑的冠军，这张照片我自己也没见过呀。"孙志成扒着玻璃，反复端详着自己当年的"风采"。

"啊呀，这是不是我呀？真的是我呀！是我和曼君训练时的照片呀！"文雯兴高采烈地欢呼着，好在博物馆里只有他俩。

"你举标枪的姿势真是英姿飒爽呀！"孙志成也被感染了。

"哈哈，校博物馆里竟有我们的照片！有我们的回忆！这多有意思啊！"孙志成兴奋着，满是得意！

"志成，这跑道现在是塑胶的了，哈哈，你不是校冠军

第五章 天长地久

吗？还能跑吗？我记得你初二时 1000 米的成绩是 3 分 20 秒吧？"文雯激将似的鼓动着。

"当然能跑喽！"孙志成像是真的要跑一样，信心满满的，在跑道上跳跳蹦蹦地做了一下热身，然后摆了个起跑的姿势。文雯用手指作发令枪状："预备……嘭！"孙志成煞有介事地跑了出去。

可是刚跑出百来米，孙志成就喘得透不过气，停了下来："哎哟，不行了……跑不动了……"惹得文雯捂着肚子大笑！"哎呀，是老了……那时我跑个 2000 米都是不喘的……是老了啊，哈哈！"孙志成还在喘着。

"文雯，还记得体育馆门口吗？那是我们拉练回来，我俩第一次约会的地方！"孙志成激动着，牵着文雯的手，"我站在这里，你站在那边，那时我们多年轻啊！那一天，我一定是世界上最最幸福的人！"孙志成感慨地说，"一晃四十五年过去了……"

多少回忆，多少磨难，多少压在心底的喜悦和悲伤……文雯两眼闪动着泪花。

从浦泾中学出来，天色已晚。孙志成牵着文雯的手，两人乘车到了音乐厅广场。

初春傍晚的广场上，寒意料峭。"文雯，还记得吗？这里是我俩来的最多的地方，也是我的伤心之地……"孙志成说着，仰天长长地叹了口气。

孙志成站在广场中间，点根香烟，环顾着四周，沉默不语。往事如碎片般在脑海中飘荡……

有多少*爱*，可以重来

文雯当然记得，这里是她与志成多次约会的地方，也是她向志成宣布"断交"的分手之地。那次与志成分手后，文雯再也没来过这里。

"志成，你烟抽得太多了，对身体不好。"文雯站在孙志成旁边，被呛得连声咳嗽。

"啊呀，忘了你是医生了。不抽了，不抽了。"孙志成伸了伸舌头，连忙把烟掐了。

"你还知道我是医生啊！你没日没夜地打麻将、打牌，生活作息没规律，这对身体是很不好的。"

孙志成蓦然醒悟，这是文雯对他身体健康的关心！或者，这也是对我的要求？"哦！从今天……从现在开始，我不抽烟了，也不打麻将，不打牌了。"孙志成边说着，边摸出挎包里的香烟和打火机，丢进了广场的垃圾桶。

这个举动倒是使文雯惊住了！志成这是认真的吗？吸烟的人不都是烟瘾很大，都很难戒吗？志成这……

四、再续前缘

今天,孙志成还是没去打麻将。可是电话、微信语音却催命似的不断:"三缺一啊!二缺二啊!"都是天天在一起的"麻友"。

说过不再抽烟了,可不抽难受啊……孙志成答应文雯不再抽烟,回到家就把家里的香烟一股脑儿全清理干净了,丢垃圾桶了。孙志成在客厅来回踱步,坐立不安,真的想找支烟出来啊,可是已经答应文雯了呀!

文雯现在在干啥呢?她是不是像我这样,也在想着我?

按了文雯的电话号码,立刻听到了文雯的声音:"哎哟,今晚没去打麻将吗?"声音中含着挑逗。

"我已经连续三天没抽过一支烟,没摸过牌啦!"孙志成自傲地说。

"哦,值得表扬!"文雯笑着说,"不过才是第三天!"明显的激将语气。

"哈哈,你不用激我,也不需要操心的,我孙志成说到做到。"像是壮士断腕似的,孙志成肯定地说。

文雯没有吱声,心中却是浓浓暖意。文雯明白,这戒烟、戒麻将,都是极难的,志成这是为了我……

"怎么不说话啊?是对我没信心吗?"孙志成只听到文

雯的呼吸声。

"我……我相信你的毅力！在中学时，我也觉得你很有毅力，长跑的成绩一次比一次进步……"文雯鼓励着。

"我能做到的！"孙志成说道。

"你爸好吗？今年也有九十了吧？想去看望他老人家，可以吗？"孙志成想着，四十五年前，上文雯家，被文雯爸逐出来的情景……

"嗯，九十二岁了，身体还好，只是有哮喘病。你爸妈好吗？"

"我爸已去世两年了，妈还好。我姐夫去世有十多年了，是早年工作时，核辐射对身体造成的损伤。我姐和老妈住在一起，照顾着老妈。我妈还念叨过你好几次呢！"志成心里想着，老妈一直不喜欢小施。如果文雯去了，妈一定会高兴的。

"你妈还记得我呀！我抽时间去看望她老人家，行吗？"文雯轻声问。

"当然，当然行呀！我妈见到你，一定很高兴呢！"孙志成忙不迭地答应着，顿了顿，调皮地问文雯，"问题是，我怎么介绍呢？我是不是可以说，'妈，你的儿媳妇来看您了？'"孙志成乘虚而入，边说边伸了伸舌头。

文雯听懂了孙志成的意思，停顿了片刻，她鼓足勇气，缓缓地说："嗯，志成，我想了几天，我们是知己知彼的，是相互了解的。如果只是相遇，而不能相守，还不如不相见。我们已分开四十五年了，我们也都老了。我想过了，我们可以相互照顾着……可以牵着手走下去的……"

第五章 天长地久

孙志成竖着耳朵,紧贴着话筒,生怕漏了一个字!听到最后一句,也不知道文雯是不是已经讲完,他腾地跳了起来!"啊!哈哈哈!文雯,你是答应啦!同意啦……我俩又可以在一起啦?"如果现在是在浦泾中学的操场上,孙志成一定会疯狂地连翻几个跟头的。

他穿鞋披衣,冲下楼去……

拦了辆出租车,车还没起步,孙志成就催着司机:"师傅,快!开快点!"车朝文雯家方向出发了,他还不停地催促着。

可文雯依旧握着电话,只听到听筒里传来一阵杂音后,就没有声音了……文雯突地担心着,不知道志成这是怎么了。

手机铃声响起,她赶紧接通:"喂……"

"文雯啊,你下来,我在小区门口等你,你别急,我十几分钟后到。"孙志成激动又急促的声音,像是出了什么大事似的,文雯终于松了口气……

已是半夜十二点多了,志成也真是的,这么晚了,怎么过来了。文雯心中激动中带着嗔怪,匆忙穿衣,轻轻地出门,怕惊醒了老父亲。

孙志成已经到了小区大门外,穿着件羽绒服,还在哈着双手。看到文雯从小区出来,他急忙迎了上去,一把猛地抱住了文雯!

抱紧!紧紧地抱着!只感觉到文雯的呼吸声,急促而甜蜜……

"我喘不过气啦……"文雯挣脱了孙志成的双臂,急促地呼吸着，娇嗔地捶了他一拳，"你神经病啊！不看看几点了吗……"

"我好幸福啊……我终于又可以拥抱你啦……"孙志成激动万分，语无伦次，"现在不来，我怕夜长梦多啊……"

"什么夜长……我想好了的，才会答应的，这不会改变的！"文雯肯定地点着头。

"岁月蹉跎，真是无情啊……我俩终于又可以牵手啦！可以拥抱啦！有一句话怎么说？有情人终成眷属！说的就是我俩啊……"孙志成满脸陶醉，激动的泪水，滴落在文雯的脸颊……

"可你也不用半夜跑过来呀！"文雯嗔怪道。

半夜？孙志成看了看表，惊呼了一声："哇！已经是新的一天啦！今天是2月21日了？世上竟有这么巧的事啊！文雯，四十三年前的今天，是我在北站上车，去安徽的日子啊！"

"啊？这么巧吗？"文雯也很惊讶。

"今天也是你的生日啊！"孙志成又惊呼了起来，"祝你生日快乐！"孙志成大声喊着，拥抱着文雯，猛地吻了一下文雯的脸颊！开心得要飞起来！

被孙志成吻了一下，文雯瞬间脸颊绯红，羞涩着，又锤了他一拳："你呀……还记得我的生日？我自己都很多年没有过生日了……"

"从今天开始，年年岁岁我都和你在一起过生日！"孙志成兴奋着，又突袭地吻了文雯一下，换来的又是文雯绵绵的一拳……

第五章 天长地久

"那天,我跑进月台,就看见火车刚启动,我追着火车……可是……"文雯回想着说道。

"我在火车上看见你了!两条小辫子上扎着绸绳,是有圆点的,是我送给你的绸绳……你那天怎么会迟到?我真的是望穿秋水,只是想向你告别……可是,火车开了,不让停……"孙志成回想着那天在火车上,他吵着要下车,脸上露出苦涩的笑容。

"是我爸的恶作剧,我爸嘴上同意我去送你,却把家里的钟拨慢了一个小时。"文雯无奈地回想着说。

"都过去了……"孙志成轻声轻语地叹了口气,又提高了声音,像是在庄重地宣誓,"文雯,我们还有很长的路,我们会幸福的,我一定会让你幸福的……"

有多少*爱*，可以重来

五、温暖的家

  2016年6月16日，一个神圣美好的日子，孙志成和文雯在亲人的祝福下，经历了四十五年的兜兜转转的恋情和执着，终于又幸福地牵手了。

  在锦月宾馆的小礼堂，屏幕上播放着孙志成保存着的他和文雯的旧照片。其中一张两人的照片，中间有着明显的裂痕……

  新郎孙志成站在台上，激动地述说着他俩的故事……从中学到今年春节前的同学聚会，到再牵手……

  孙志成面对着文雯，牵着文雯的双手，动容地说："我俩从中学牵手相恋，又各奔东西，然后各自成家，各自离婚，到今天我俩再结婚。从起点，转了一大圈，又回到了起点。这一个圈，竟转了四十多年……

  "曾经我们彼此拥有，曾经我们也彼此远离。你是我心中永远最爱的女人！我是最幸福的男人！在我的心中，在这四十多年里，'文雯'这两个字，我一直念着、记着！一直在激励着我！从没忘记！

  "今天，我要告诉大家，告诉在座的各位亲朋好友，我……孙志成，曾经把文雯弄丢了，现在，又找回来了！我一定会好好待文雯的！我一定会让文雯幸福的！我俩一定会

第五章 天长地久

相濡以沫，携手到老！"

孙志成激动得不能自持，拥抱着文雯，心潮澎湃！

文雯激动地抬头看着孙志成，泪流满面！

一个深深的吻……

天长地久！

孙志成带着文雯，去看望他的妈妈。老妈腿脚不利索，在他姐姐的搀扶下，哆哆嗦嗦地站在电梯门口，迎接儿媳妇。

文雯受宠若惊地快走几步，上前扶着婆婆，慢慢地回房，扶着婆婆慢慢地坐下。

"妈，您身体好吗？儿媳来看您！"文雯羞涩着，双手给婆婆敬茶。

"文雯……是我的心肝宝贝啊！你总算是回到我们孙家啦……我高兴啊……"孙志成的妈妈激动着，上海话夹着宁波口音，哆哆嗦嗦地，从志成姐姐手上接过准备好了的厚厚的一个大红包，塞在了文雯手中，"文雯啊，志成想你，我也想你啊……我一直在等你啊！志成这小子，混混沌沌地一个人过日子，我放心不下啊！我一直想着，如果有文雯来照顾他，能管着这小子，我就放心啦……我死了也会闭眼啦……"

志成姐姐在边上推了推老妈："什么死了、闭眼的，乱说呀！"

"嗯嗯，我老了，糊涂了……"志成妈妈说着，要站起来。文雯连忙扶住了她："妈妈，您长寿着呢！我会照顾好志成的。"文雯边说边看了志成一眼，语气中带着得意，"我也会

237

有多少*爱*，可以重来

管着志成的，志成已经不抽烟了，也不打麻将了呢！"

"真的吗？这家伙得你能管住他，我是说破了嘴，叫他别天天混在麻将桌上，别天天抽烟啊，可他哪里听呀！"姐姐幸灾乐祸地笑着孙志成。

妈妈激动着，挪步到了卧室，捧着个檀香木盒出来，打开，里面是一个冰绿色的玉手镯，"文雯啊，这是志成他奶奶给我的，我是想着要给儿媳妇的……志成和丽芳结婚那天，我是准备好要送给丽芳的。可是，我打心眼儿里不喜欢丽芳，她总是一副不依不饶的脸色。我后悔了，赖皮了，没有送给她。"

"我老太婆还是能看准人的，结果是，他俩过不下去了……"妈妈停顿了一会儿，拉着文雯的手，"老天有眼！我的文雯又回到了我身边，我开心啊！"妈妈边说，边将玉手镯套在了文雯的手腕上，大小竟如定制般的刚刚好。妈妈眯着眼睛，拉着文雯的手，翻来覆去看着，打量着，脸上笑开了花："哎哟，这是刚刚好呀，这手镯戴在文雯手上，白白嫩嫩的皮肤，映衬着玉绿，多好看啊！"

孙志成这才明白，当年在小施给妈敬茶前，妈曾说过要送个礼物给小施的，结果也没见妈送过什么。妈竟然留着，竟然送给了文雯，这真是天意啊！

听着妈妈的述说，看着妈妈将玉手镯套在自己的手腕上，文雯心里也是暗暗称奇！一个传家手镯，竟是天意似的，跳过了第一个儿媳妇的手，而佩戴在自己的手腕上了！这是神的指示？这是天意？感恩之情，油然升起。

"志成啊……你爸要是还活着，你京津的爸妈要是还活

第五章 天长地久

着……他们该多高兴啊……你要好好待文雯,要好好过日子……"妈说得有些喘,像是要把这一辈子的话全部说完似的……

婚后第三天,文雯带着孙志成,去看望文雯爸爸。

孙志成穿着米色拉链夹克,拎着礼物,到了文雯家门口,却紧张了:"文雯,自从上一次去你家,被你爸爸赶了出来,四十五年了,我心里就……有些惧怕你爸了。"

"还是'你爸''你爸'的呀?哈哈哈,四十五年前你不就叫爸爸了吗?"文雯看着志成这怂模样,捂着嘴笑,"咦,记得四十五年前'毛脚女婿'上门时,也是穿着这个颜色的夹克?"

"是啊,我是想,这样你爸……爸爸,才不会忘了我吧?"孙志成换了个怪腔,笑着说。

文雯的家很宽敞,爸爸听到文雯的叫声,从书房里出来,孙志成连忙放下手上的礼物,迎了上去:"爸……爸,我是孙志成……我来看望您!"

"是志成啊,坐啊,坐啊!"爸爸一脸笑意,使孙志成紧张的心情放松了。

"爸爸您还在忙啊?"孙志成仍是小心翼翼地问候。

"呵呵,老啦,可还是要动动手脚,动动脑的。"爸爸思路清晰地说着,拉着孙志成去书房,"我还是会写写字,看看医药行业的最新进展什么的。"

孙志成吃惊地环顾着爸爸的书房:书架上堆满了各种医学书籍,墙上挂满了装裱过的、没装裱的书法作品,字如铁钩,苍劲雄厚。写字台上竟还搁着台老掉牙的显微镜和一台分析药物的白色仪器。地上还立着一架人体模型,心肺什么的,都是清晰可见的。

孙志成这才明白,"高级主任药师"是怎样练成的。

爸爸有些得意地介绍着挂在墙上的字画,那是一位名家的作品。可孙志成边听边"嗯"着点头,其实他一点儿都不懂,也不知道这位名家。

孙志成扶着爸爸在客厅的沙发上坐下,爸爸呷了口茶,看着孙志成和文雯卿卿我我的样子,重重地叹息了一声:"你俩也真是情深缘长啊!多少年了?转了一大圈,已过花甲了,又走到一起了。文雯有伴了,我也就放心了。要珍惜,要珍惜啊!"

"是啊,爸爸,四十五年了。您还记得……"孙志成本想问问爸爸,四十五年前的那天,还记得吗?如果当时爸爸不反对,文雯也不会这么辛苦了,话到嘴边,又咽了回去。过去的就翻篇吧。

"你们住在江东,这……我……觉得不好。"爸爸吞吞吐吐地说,"这里房间空着,你们可以住在这里的。把两间卧房换一下,你们住那间大的,这样我也不寂寞。白天有人烧饭、打扫卫生,你们也可以少操持些家务。你俩要出去忙事情,要出去旅游什么的,都可以,我老头子自个儿也还可以的……"

文雯愉悦地看着爸爸,爸爸明显是已经接受了志成。之前文雯也是想过,结婚后志成最好过来住,这样文雯既能照顾着爸爸,也能去看望超儿,上班也方便,毕竟江东有点儿远。可

第五章 天长地久

也担心志成会有想法。

"爸爸，"孙志成接着爸爸的话说，"这样更好，我们可以陪着您，可以照顾您。文雯上班也近，我俩一起去看望马超也方便。如果您觉得我有做得不好的地方，您可以说我，教我，我俩永远是您的孩子！"孙志成一口气说完，也没先征求文雯的意见，觉得爸爸说得在理，他就文雯一个女儿，女儿不照顾老爸，那谁照顾呢？

转身看了一眼文雯，文雯完全是一副欣喜的表情。

"不过，房间一定不要换，您是长辈，您仍在主卧住。"孙志成说着，起身看了看文雯的房间，并不比他江东的主卧小。

爸爸很开心，叫保姆上菜。爸爸开了瓶茅台，喜气洋洋，亲自为女婿斟上一杯，自己也倒了一杯，弄得孙志成受宠若惊，坐立不安的……

爸爸倒是每天有自己的事情做，不是写书法，画国画，就是在捣鼓他的显微镜或是分析仪，经常有人打电话来求教问题。

文雯每星期有两天要去协瑞医院坐诊，不算太忙。每星期也去超超奶奶家，陪一会儿超儿，也陪着他奶奶说说话。

然后她去志成妈妈家看望一下，和老人说会儿话，聊聊天。

文雯的所有事情，都是事先由孙志成安排妥了，再一起出去。孙志成每晚还陪着老爸小酌一杯，聊些同学的趣事，钟厂的趣事，做生意时的趣事……

与文雯结婚后的第一个春节来临,爸爸就忙着写对联,写福字。自家门上、窗户上贴了,还送给楼里的邻居,整天乐呵呵的。

文雯也开始张罗着过年的菜肴,肉丸、煎蛋饺、水笋烤肉、熏鱼、芝麻猪油汤圆……孙志成开心地打下手,儿时春节的热闹气氛,又回来了!

文雯把做好的年夜菜,分成三份,和孙志成一起,一份给婆婆,一份给超儿奶奶。

孙志成自从与施丽芳离婚后,就觉得没有春节了。

刚开始几年,孙志成去妈妈家过新年。不去,妈说他没良心。去了,妈就不停地唠叨,"为啥不再找个老婆?""别人家早就抱孙子了!你就这样每天打牌、打麻将过日子啊?"姐姐不但不劝老妈,反而在一旁帮腔。听得他头皮发麻,还不如不去,眼不见心不烦。

渐渐地,孙志成开始惧怕过年。打牌打麻将的朋友都是各回各家,各见各妈了,留下他一个人,寂寞地煎熬着。

看着文雯手忙脚乱地忙前忙后,孙志成高兴得像孩子似的,只是不能放鞭炮了,否则,他一定会拉着文雯,下楼去疯玩一下的。

这才是孙志成日思夜想的温馨的家!

六、师生释怀

文雯告诉孙志成,阿五往同学群里又拉了不少找到的同学,这些同学要聚一聚。

"好的呀,我也想着要聚一聚呢,听听同学们从离开学校,踏上工作岗位,到现在退休的情况。这中间的故事,还真的是很有趣呢。我来安排一下,安排好后,你发在同学群里好吗?"孙志成高兴地查看着日历,看看订哪个餐馆。

"同学群里有人提议,最好能邀请班主任钱老师参加聚餐。"文雯知道志成一说起钱老师,就会抱怨,只能试探着。

"什么?邀请钱老师?不行,绝对不行!他害得我还不够惨吗?若不是他,我怎么会去安徽,也就不会与你分开了,我俩早就过上幸福的好日子了!还邀请……绝对不行的!"孙志成火冒三丈!

"你呀,你当初认为,全班就你一个人是务农的,钱老师就害你一个人。上次同学聚会,我才知道,其实去务农的还不少呢,这应该也是无奈吧?"

"钱老师应该也有八十多岁了,不知道身体好不好,同学们也是怪想他的,一日为师,终身为父嘛。"文雯旁敲侧击道。

说来也是巧了,正说着,文雯的手机响了。

有多少*爱*，可以重来

"请问您是哪位？"文雯看到手机上显示的是陌生电话号码。

"文雯吗？是文雯吧！呵呵，我是浦泾中学的钱老师，还记得我吗？"

文雯吃了一惊，怎么说到钱老师，钱老师就打电话了呀？她连忙对孙志成做着"嘘"声的动作，示意他不要发火。然后开了电话免提："啊呀，是钱老师呀？您身体好吗？"

"呵呵，听说你和'长脚'……孙志成，结婚啦？恭喜恭喜呀！呵呵！"电话中传来钱老师的祝贺声。

钱老师那标志性的"呵呵"声，孙志成太熟悉了！

"志成呢？他在吗？"电话里传来钱老师的声音。

孙志成一下子火气全消了，四十多年前的老师打来电话祝贺，总不能不给面子吧。"在，我在的！钱老师您好！"孙志成也只好向老师问好。

"呵呵，'长脚'啊，四十多年啦，有情人终成眷属，不容易啊，要好好珍惜啊！"钱老师的声音，喘息中带着笑声。

孙志成听着，蓦然感动！怨恨了四十多年的班主任老师，还能想着我，还是叫我"长脚"，还会打电话来祝贺，所有怨恨，烟消云散了！

"老师，您高寿？您身体好吗？"孙志成躬身问，好像老师就站在自己面前似的。

"呵呵，八十三啦。'长脚'你也有……六十四五了吧？听说你和文雯终于结婚了，我高兴啊，不容易啊！呵呵！"

第五章 天长地久

挂了电话,孙志成感慨万千!看来是自己小肚鸡肠了?"文雯,我突然觉得应该去看望一下钱老师的,补送个喜糖呗?"

"你啊!早就该释怀了呢!人生中,该翻篇的,都该翻篇了呀。"文雯也是感叹着,一直觉得志成是个挺大度、挺讲义气的人,怎么老是怨恨钱老师呢?看着志成释怀了,文雯也很高兴。

当孙志成和文雯按响钱老师家的门铃时,钱老师也激动了:"呵呵,长……孙志成,文雯啊,请进请进!"

孙志成把带来的礼物放在茶几上,仍是站着:"钱老师啊,我俩来看望您,同时也邀请您参加我们七二届一班的同学聚会,可以吗?"

钱老师的夫人端着两杯茶放在茶几上,抬头看了钱老师一眼:"他呀,你们能来看他,他就很高兴了。他腿脚不便,血压也时高时低的,同学聚会应该不能去的。"

钱老师却是挡了夫人的保驾:"没不行啊,我行的,我是第一个住宿生班的班主任,我当然要去参加的,呵呵。"

"那太好了,师母您放心,我们会接送老师的,一定会照顾好老师的。"文雯像是已经安排好了似的,连忙请师母放心。

"呵呵,送走了你们班,我升任教导主任了,后来又担任副校长。所以,我最记着的,就是你们这个班的学生了。"

"'长脚'……志成啊。"钱老师好像也习惯了叫"长脚",有些改不过来,"志成啊,我听说你从安徽回来后,在钟厂工作，还做生意了？"

"哈哈，老师消息很灵啊！在安徽待了五年，后来接班进钟厂了，其间做过一点点小生意。其实这五年的安徽岁月，真的是苦啊……"孙志成说着，猛地发现文雯在暗暗地摇手示意，才明白，自己又在说这事了，赶紧刹车不语。

"呵呵，我还记得呢，你们班有六个同学吧？有六个同学是去务农的，最远的是郑静，还是女生呢，去了吉林，更远更苦啊！那个年代啊……"钱老师叹息着，沉默了一会儿，"孙志成呀，我还记得很清楚呢。那年正好是你姐夫、姐姐从北方调回上海。如果当时人调回来了，档案关系晚调回来三个月，就差三个月啊，你就可以按政策，不用去了。我去了航技局三四次，每次去都要大半天的时间。学校也开了情况说明，恳请他们人事部门，将你姐夫、姐姐的档案晚三个月再进档案，你或许就可以分配在上海了呀！毕业分配，对学生的一生，至关重要啊！可是航技局人事处，还是把你姐夫、姐姐的档案调进来了，无奈啊！"

孙志成瞬间心潮澎湃！第一次听到老师的述说，老师曾经为自己的前途，多次去姐夫的企业争取而未果的事情，心里感动不已！他猛地站了起来，抱住钱老师："老师啊，是我错了！我一直以为你当年不喜欢我，才把我发配到了安徽啊！"

"哪会有喜欢不喜欢的，都是我的学生啊！你们住宿班的，就更不一样啦，能争取的，我一定争取的！哪个爸妈舍得孩子去外地啊？呵呵。"钱老师回想着，"当年分配，其实我也不懂啊，'外地工矿'，我想也就是上海在外地的分厂吧，

第五章 天长地久

谁知道生活条件是天差地别啊，退休工资竟也差了一大截啊！分配在上海的，应该是很好吧？可是每个同学的单位差距也是很大啊！呵呵，也后悔、内疚呀，难啊！"

钱老师高兴地说："我会参加同学们的聚会的，我也想念我的学生啊……也祝福你们白头偕老，呵呵！也差不多白头了，携手到老啊……"

有多少*爱*，可以重来

七、重游牌楼村

是不是随着年龄逐渐增大了，老了，都会回忆过去？

孙志成心里也开始想着过去，想着天河县，念着牌楼村，思念那五年的点点滴滴。这是孙志成的人生中，最苦最难的五年，也是最有故事的五年。

记着离开牌楼村的那一晚，孙志成向村长郑建军承诺过，会去看望他们。村长还特意说了，叫孙志成带着婆娘一起来牌村。现在空闲下来，心里就想着，带着"婆娘"一起，再去看看他们。

离开牌楼村，掐指一算，竟也有近四十年了。

金明打来电话："喂，'长脚'，你俩窝在家干啥呀？我明天去南京办点事，陪我一起去吧？"

"哈哈，我正想着去安徽天河县看看呢。你在南京办完事后，有时间去牌楼村吗？"

"牌楼村啊，有呀！我自己开车，想去哪儿就去哪儿。哎哟，那年去牌楼村，我还欠村民们照片呢！他们一定是在骂我吧？"金明猛然想起，当年去安徽看望"长脚"，为村民们拍照的事，心里仍觉得愧疚。

第二天，孙志成和文雯准备了很多饼干、挂面等食物，

第五章 天长地久

考虑到天河县太穷，礼物以能"垫肚子"的最为经济实惠，塞得后备厢满满的。

金明在前一晚去买了个"拍立得"照相机，是那种拍好就直接能看到相片的。

上海到南京，差不多四个小时车程。金明带着夫人蓓蓓，孙志成和文雯，瑞新也一起回乡看婆娘和孩子。

金明在南京办完事，大家在南京住了一夜，第二天一早开车去安徽。从南京到天河县约100公里路程，不算远。

金明边开车边聊着，回忆着，笑道："那是'长脚'去安徽的第二年吧？繁刚正好从春城回上海。我和繁刚一起坐火车到宝埠，再换乘长途车去天河县的什么乡？去看'长脚'。"

"陇南乡。我是开着手扶拖拉机去陇南乡接你们二人的。"孙志成补充说。

"我们二人看到从破拖拉机上下来的'长脚'，又瘦又黑，身上、脸上全是土灰，活脱脱的一个农民，当时把我们惊呆了。"

"我们上了拖拉机，从陇南乡去牌楼村。这算是路吗？颠簸摇晃还不说，灰土啊，满身满脸的灰土，能呛到咳嗽！"金明边开车边夸张地说。

"那段时间因为天气干旱，土路被拖拉机碾压后，就更是尘土飞扬了。"孙志成笑着听金明那夸张的表述，又补充了一句。

"那我们待会儿也是走这条路吧？那岂不是要灰头土脸的了？"蓓蓓问金明，顺手将脖子上的丝巾拉到了头上，一边叫文雯也围上丝巾。

249

有多少**爱**，可以重来

"应该不会了吧，都是四十几年前的事了，现在已经好多了。"瑞新哈哈笑道，"不是路的问题，是志成那天捣糨糊！"

"其实也不能说是捣糨糊，也是没办法了。"孙志成笑着说，"上海的同学们来看我，村子里的人都来看热闹，大人、小孩都有。繁刚在上海买了点饼干、糖果什么的，然后就分给了孩子们，这就更热闹了。"

"金明带了个海鸥相机，一开始是拍摄村庄和我们住的草房。可孩子们凑了上来说要拍照，乱哄哄的。金明也就来劲了，叫小孩子们站好了，就一本正经地开始拍了。"

金明听着孙志成说完，笑了："可我刚拍了两三个孩子，发觉胶卷用完了，也没有带备用的，只能停下了，算了吧。"

"可是孩子们都排着队呢！你们不知道，他们翘首期待着，多么渴望能拍张照片啊！"孙志成看了看文雯和蓓蓓，"我看着那些渴望的眼神，只能对金明说，'你继续拍呀！'"

"当时呢，也真是两难，不拍吧？这么多的大人孩子，一定是很失望的。继续拍吧？是在欺骗他们！"金明的声音变得内疚，"然后'长脚'接过了胶卷已经用完了的照相机，仍是装模作样地继续'咔嚓、咔嚓'地拍着。我看着'长脚'这没模没样的'拍照'，接过相机，我继续'拍'，直到把排队的孩子都'拍'完了。可我这心里，却一直是有个心病在的。"

"昨晚我特意去买了台'拍立得'，只想把这欠着的照片还给他们。"金明说。

第五章 天长地久

没有颠簸，也没有摇晃，一条宽阔平坦的柏油公路，一直通到了村口。

孙志成下车，端详着这熟悉又陌生的牌楼村，却是大变样了。

村口两个残缺的花岗石莲花座上，重建了座古色古香的牌坊，或者叫牌楼。牌楼顶端的横匾上，镌刻着"牌楼村"三个楷体贴金大字，浑厚苍劲。

向村子里一眼望去，竟然都是二层楼，甚至有三层楼的瓦房院落，完全没有了土墙草屋的踪影。

村口右侧原来是条小河，小河后面应该是孙志成他们住的大屋，现在已是如公园般的绿地花木，鲜艳的蕉叶花正盛开着。绿草地上竖着一块花岗石，石上镌刻着"绿水青山就是金山银山"的深红色楷体大字。

但孙志成却看见，村口的大槐树下，依然挂着那口四十多年前的铜钟，钟绳低垂着，在风中摆动。

孙志成挺了挺胸，迈着年轻时才有的步伐，庄严地走向了铜钟，双手拉着钟绳，憋了口气，一下！两下！三下！

铜钟发出了洪亮低沉的声音，悠悠地在牌楼村的上空飘荡……

"什么事啊？谁在敲钟啊……"村口瞬间涌出好多老的少的，男的女的……看着孙志成他们五人，却只认出了瑞新一人。

"是小沈啊，你不是已经搬去天河了吗？今天是有空来看丈母娘啦？"

在人群中，走出一位老人，看着孙志成，嘴唇哆嗦

有多少爱，可以重来

着……

"是……是村长？是郑建军村长吗？"孙志成上前一步，猛地一把抱住老人！手臂竟在微微地发抖！

"哎哟，是……真的是大孙呀？'长脚'呀……你瞧我这眼力，我看着像是你，还真是你呀！"村长微眯着眼睛，打量着孙志成，"哎哟，胖了，白了，洋气了，可头发稀了，也有些老了……哈哈！"

孙志成拉了文雯过来，介绍给村长："这是我老婆……婆娘，叫文雯，是医生。这位是我经常说起的村长。那年我得了伤寒，是村长用板车拉着我，赶了二十多里路，去了乡医院，救了我的命。"文雯微笑着，与村长握手："经常听志成念叨您，今天也是专程来看望您的。"

"什么救过命的，他胡说呢！"村长摇摇头，"哎哟，瑞新你躲在后面干啥呢？也不先去看看你丈母娘？最近她身体不太好呢。"瑞新"啊"了一声，转身先进村了。

"哎哟，这位我也认识的！是上海大宾馆的，叫什么来着？你看我这脑子，不行喽！"村长边说，边拍着脑袋。

"村长好！我叫金明，四十年前来过，您还记得啊？"

"哎，对对，叫金明。大家先到村委会坐会儿吧。"老村长边说边在前面引路："大孙啊，你今年高寿啦？"

高寿？竟然有人问我"高寿"？孙志成与文雯相视一笑。"村长啊！我还小着呢，我今年高寿？今年？"孙志成想着，不对呀，怎么自己已经有六十五了呢？记得村长长我八岁，那他竟有七十三了？我们都已经进入了"高寿"之列了吗？

252

第五章 天长地久

村委会设在村后高邮湖的方向,这里竟有家规模不小的铜制品工厂,有了几家小超市和餐馆。更使孙志成惊讶的是,竟有一所二层楼的小学。

村委会的墙上用立体的红色字写着"不忘初心,牢记使命",还有鲜红立体的党徽。

从村委会出来一位小伙子,精神利落,站在门边请客人进来。村长介绍说:"这位是村书记,叫郑凯,是我们本村人,是从部队回来的,是在我后面……第四任村长了吧?"边说边看着郑凯问。

郑凯点着头:"我们仍是在老村长的指导下,一代一代在为村里的老百姓做点实事的。"

大家坐定,郑凯为大家斟上了茶水,又发了圈香烟,说:"你们先聊着,我去准备午饭。"孙志成连忙站起来,说:"村长,我们要赶回去的,就不吃饭了,谢谢村长了!"老村长看着孙志成,嗔怪着说:"四十多年才来一次,不吃饭?咋的,白菜豆腐吃怕了?"

孙志成哈哈大笑起来:"真的还想吃这白菜豆腐呢,好吧好吧,简单点就好,谢谢啦!"

"村长……老村长,"孙志成改口,"原来的村会计,黄会计呢?阿财呢?乡医院的方医生好吗?"

"哎哟,大孙呀!你离开我们牌楼村有多少年了?快有四十年了吧?乡医院的方医生早已退休回宝埠了,阿财几年前去世了。黄会计?黄会计好像是住在天河市他女儿家了吧?我也好多年没见了。活着的也都老喽,变化太大喽!"老村长叹息着。

有多少**爱**，可以重来

　　金明来回搬了好几次，把饼干礼盒、挂面礼盒什么的，堆了一大堆。

　　"老村长，我不知道我们牌楼村变化这么大了，我以为还很穷呢，所以买了些饼干、挂面什么的，是送给村里的……"志成看着这几大箱的"礼物"，知道自己不识时务，现在村民的生活已经是大踏步地变化了。

　　"嘿嘿嘿，大孙啊！你能来看我，我就高兴得不得了了！要知道，这牌楼村的年轻人，这郑庄的年轻人，走的时候都说会再来的，但只有你说话算话啊！你还带着婆娘一起来，多好啊，我开心啊！现在的农民生活，什么都不缺啊，你还带这么多礼品来！这样吧，这些礼品，我就收下了，午饭后我们一起去学校，送给孩子们，你看怎样？"老村长高兴地出了个主意。

　　"好啊，好啊！"孙志成看了眼文雯，见文雯点头赞许，又从挎包里拿出了准备好的红包，塞给老村长，"我也没买什么给你，你自己买些什么吧。"

　　老村长竟然生气了！"大孙怎么也这么俗气了？别说是钱了，按理我也不可以收你的礼物呀。村长是受气的，不是收礼的，这个你不懂啊？"说着，倒是又笑了，把红包硬塞到孙志成的挎包里，弄得孙志成尴尬地站着，接不上话了。

　　"老村长，"金明插话说，"那年我来牌楼村，犯了一个错，至今还记着。"

　　"犯错？你犯了什么错？"老村长倒是好奇了。

　　"那年，为孩子们拍照，其实胶卷已经没了，为了不扫孩子们的兴，我是在空拍，这不骗了孩子们吗？我心里一直

254

第五章 天长地久

是过意不去。今天,我带了个拍照后就可以出照片的相机,虽然速度慢了些,但能拿到相片的那种。"

"哈哈哈,你不说,我早就忘了。我知道你们俩在耍什么把戏,胶卷嘛,不是24张的,就是36张的!五六十个人等着拍照,你也是真有本事啊,不用换胶卷?你当是现在的数码相机啊?"村长又说,"现在更不用拍照了,每人都有手机了嘛,谁还会一本正经地拍照啊?"

村长轻描淡写地说,孙志成和金明却傻了!老村长竟然早就知道了?知道了竟然不说?这城府深得不是一点点啊!

屋子里的人都笑了!大笑!捂着肚子笑!

午饭在老村长郑建军家里吃,盛情难却。

老村长的房子是二层楼的瓦房,房子宽敞,家电卫浴齐全,也只是二老带着个小孙女居住。郑凯帮着杀鸡宰鱼,厨房里热气腾腾的。

志成带着文雯、金明、蓓蓓、瑞新,在屋外转了一圈。屋前的院子,如花园般舒适。屋后仍有几亩田,种着白菜、豆角、大蒜什么的。

孙志成蹲下,抚摸着长势喜人,外翠里白的大白菜,眼睛又是湿润了……"文雯,这是养了我们五年的大白菜……我们在牌楼村的那些年,吃的菜,都是村长家的……"

"'长脚'啊,你也别忆苦思甜了,现在农民的生活,你看看,早已经不是你那时的样子了。可以考虑一下,到这里来养老怎样?"金明嬉笑着,他也受不了孙志成动情伤感的模样。

郑凯来请他们入座。

老村长意兴盎然地在每个杯子里倒满了"天河大曲"。油黄的老母鸡散发着香味,清蒸的高邮湖鳊鱼闪着银光。可在孙志成的面前,老村长却摆了一碗一点油水、一点酱色都没有的白菜炖豆腐。

村长的婆娘在围裙上擦着双手,走到孙志成旁边:"大孙啊,你们能来,这老头子高兴啊!可这老头子偏叫我煮这个菜。这白菜炖豆腐,不放油的,我们也早就不吃了,可老头子说,这样你才不会忘了牌楼村……可这不好吃的。"说完,又去忙了。

孙志成默默地拿起筷子,夹了一大块豆腐……

"咦,今天这白菜炖豆腐怎会这么鲜啦?我们吃了五年,天天吃这白菜炖豆腐,豆腐煮白菜的,吃腻了啦!回上海后,我就怕这菜了,就没吃过了,这……"孙志成津津乐道地对着文雯、蓓蓓说,"你们也吃吃看,这菜怎么样?"

文雯夹了一口,蓓蓓也夹了一口,笑了:"这菜真的是原汁原味,很新鲜,豆腐也好吃……"

老村长摇了摇头:"那年月是没有油水的,天天吃这些没油水的菜,当然是吃腻了。现在是油水吃太多了,偶尔吃个大白菜,还不错吧?那时候真的是穷啊……"

孙志成站起来,举着酒杯,面容严肃地对老村长说:"老村长,我没忘记,在这牌楼村的那五年,是你鼓励着我们,帮着我们,使我们懂得了吃苦,懂得了勤劳,懂得了生活……我敬您!我干了……"

老村长倒是很平静,握着孙志成的手:"大孙啊,你们

第五章 天长地久

来看我,你们都过得好好的,我高兴啊!这里曾经是你们住了五年的家,以后还可以是你们的家,如果能常回家来看看,我这老头子就更高兴了。"

"会来的,我们会再来看望您的。也期待着您和老伴来上海,我们会等候着……"文雯和蓓蓓几乎是异口同声地邀请着老村长。

八、幸福天长地久

一有空，孙志成最喜欢的就是和文雯一起，约同学们，一起聚餐，一起去农家乐，一起去旅游。这些景点大多是孙志成先踩好点，极细心地安排好同学们的吃住，然后一起出行。

两人也去了东南沿海，去了欧洲，去了东南亚，手牵着手去旅游。

不论两人去哪里，也不论是在何时，你能看到的孙志成，一定是斜背着个背包，一只手拿着文雯的包或是伞什么的，另一只手牵着文雯。而文雯却是空着双手，依偎在老公身边，一副甜甜的受宠的模样。

当你看到他俩时，你会羡慕，你会嫉妒，你会感受到他俩爱的气息，如胶似漆，爱得甜蜜。你会明显感受到，这是个把老婆时时刻刻捧在手心里的老公。

早上去菜场，文雯挑选蔬菜，孙志成付钱。孙志成一只手拎着大包和小包，另一只手牵着文雯的手。

文雯在厨房忙碌，孙志成打下手……

去外面餐馆吃个饭，文雯点菜，孙志成会先将筷碗匙碟等用开水烫了，或者用消毒湿巾擦后再使用。吃完，孙志成买单。两人手牵着手回家。

第五章 天长地久

同学们都太了解他了,但看着"长脚"这腻歪的模样,总是嘲笑他:"唉,'长脚'呀,你这不对呀,包包什么的都在你手上,文雯要买个啥的呢?"

"有我在呀。"

"那文雯要打个电话什么的呢?"

"有我在呀,我会拿给她的!"

"那文雯的朋友来电话呢?"

"有我在呀,我会拿给她接听的呀!"

"那……"

"有我在呀……"

可文雯却是满脸的幸福……

什么是幸福?

当幸福重新回到了身边,需要的就是珍惜,是一起享受,是两个人手携手,一起慢慢地走,或是两个人搀扶着——

相濡以沫,携手到老。